U0541124

Edward Stourton
Diary of a Dog-Walker:
Time spent following a lead
Copyright © 2011 by Edward Stourton
This edition arranged with Curtis Brown Group Ltd.
Through Andrew Nurnberg Associates International Limited

涵芬楼文化 出品

目　录

鸣谢　001

1　让狗融入你的生活　001

　　遛狗人日记　003

　　"可可毛毛爪上将"不是狗名　013

　　热浪袭来，从速撤退　018

　　吉姆·诺蒂和我打破所有规矩的一天　021

　　小狗知道谁是主人谁下命令　024

2　轻率鲁莽的感情　027

　　酷豆和新朋友对历史没感觉　035

　　狗没疯——是主人精神有问题　038

　　激情公园里的咆哮　041

　　这厨房外面的世界太残酷　045

3　狗的人性　049

　　是第六感，还是对月嚎叫？　051
　　通过狗狗看总统　057
　　去参加美国万圣节游行吗？不了，谢谢……　060
　　每只狗都应该在主人的工作中拥有一席之地　063
　　希望你在这里——不过不是在菜单上　068

4　狗的狗性　071

　　我们的狗在阿富汗英勇无畏　075
　　接过拜伦勋爵手中的狗链　078
　　好书诋毁狗　082
　　战争中一条狗的不幸结局　086
　　为什么狗比主人遥遥领先？　089
　　去滑雪度假吗？一定要带上你的狗　092

5　为狗辩护　095

　　狗能感觉到你对它的怒气　099
　　当心：全国蔓延狗歧视　103
　　一只狗的命运使国民反目　106

6　疯狗、英雄狗以及你的健康　113

　　我希望狗没有被快乐冲昏头脑　115
　　狗可以既勇敢又肆无忌惮　123
　　读了哈代的狗变得多愁善感　128
　　狗能让你更健康　134

7　狗之爱　139

　　能激起父母自豪感的不止孩子　143
　　我被沉默以对，感觉无比幸福　150
　　和我家的爱因斯坦比，澳洲野狗就是笨蛋　155
　　一个确实应该废除的英国传统　159

8　狗眼看世界　165

　　狗比四轮摩托或活体检验更有价值　169
　　人类最好的朋友可能是恶魔，但我总是袒护他　174
　　接受东西方的交融　178
　　狗眼看世界的收获　183

鸣　谢

在我人生的黑暗时刻里，我心灵的庇护所就是我自己的想象，我相信人们会对我和我的狗有兴趣。我感谢那些一直帮助我的人们，他们坚持相信这样一个本可能显得很荒谬的项目。Rhidian Wynn-Davies 最初在《每日电讯报》推出了我的这个专栏，而我不懈的经纪人 Vivienne Schuster 则看到把它变为一本书的潜力，还有"环球出版社"的编辑 Susanna Wadeson，是她有技巧地教我整合所有材料。

我的写作常常是由我的一批忠实读者和编辑团队在餐桌旁和《每日电讯报》编辑部修改润色的。最重要的是，我感谢那些为我提供故事的朋友，其中首先就是巴特西和克莱帕姆的遛狗人。我还要特别感谢在我出门时帮我遛酷豆的 Anne Whiteside，她对他的照顾真是无微不至。酷豆出生后的前几周是由 David Nissan 和 Gwyneth Williams 照顾的，所以没有他们就不可能有这本书；他们留下了酷豆的一个姐姐——梅丽，可是我们伤心地得知她在三岁半就因为急性胰腺炎夭折了。

我在文中大量引用了关于犬类知识的文献，在此感谢允许我引用的下列作家和团体：In Search of Fatima @ 2002, Ghada Karmi, Verso Books; Spies of the Balkans @ 2010, Alan Furst, Weidenfeld & Nicolson, an imprint of The Orion Publishing Group, London; Man Meets Dog by Konrad Lorenz @ 1983, Deutscher Taschenbuch Verlag GmbH & Co. KG, Munich, Germany; Inside of a Dog @ 2009 by Alexandra Horowitz, Simon and Schuster; Dogs and Their Ancestors by

Mrs Neville Lytton, printed with permission of The Earl of Lytton; My Dog Tulip by J. R. Ackerley @ 1965, Methuen, London; The Old Brown Dog @ 1985, Coral Lansbury, The University of Wisconsin Press.

献给酷豆*生命中的女人们：费昂娜、爱莲娜和罗希

* 酷豆是作者的爱犬的名字。

1
让狗融入你的生活

遛狗人日记

《每日电讯报》，2009 年 5 月 30 日，星期六

狗有一个令人钦佩的特质，那就是它们会出自本能地挑选优雅主人的朋友。因此在这个美好的五月清晨，聚集在平台上的就是这样优雅的一群人。我们在巴特西公园，与切尔西隔河相望，能看到一两个穿着骑装的人，身上的装饰只比遛狗人所需要的多那么一点点。

狗们都在那里——闻闻嗅嗅，跑跑颠颠，蹦蹦跳跳，流着口水吵吵闹闹，有的浑身粗毛蓬乱，有的身披伶俐的短毛。它们在我们脚边做着它们自己的事情，而我们——它们的男女主人们（或者是它们的仆人？）——做着我们的事。我们在交谈。在这里，我已经和别人讨论了所有话题：从高屋建瓴的中东政治到平庸家常的结婚、离婚，从子女、工作到戏剧、书籍、展览，还有度假屋、信贷紧缩，当然还有——犬类的胜利和悲剧。这轻松随和的社会交往是中年养狗带来的一大收获。如果你带着一只狗，你就可以和任何人说话，任何人也可以跟你说话，而且不拘话题。

当然，要做到这一点，你还需要具有良性的健忘能力，允许

母亲们重复讲述分娩的痛苦和作家们不断唠叨对自己新书销售情况的忧虑。我曾经养过一只闹腾的拉布拉多和西班牙猎犬的串种狗,而即使是她最激怒人的淘气行为现在说起来也已经变成了令人开怀的往事。当她还是小狗时,我女儿训练她用报纸当厕所:一个星期天的早上,她跳上了床,因为我正在读《星期日电讯报》,我还没来得及想到"巴甫洛夫"反应,她那热气腾腾的尿就已经浇在佩里格林·沃索恩爵士的一篇精美散文的正中央(我肯定这不是针对作者本人的)。

你还需要具有同时接受两种完全矛盾的看法的后现代主义能力。我们这些每天去巴特西公园的人都知道,狗就是狗(无论公园里雄伟的佛教寺庙可能暗示着什么相反的看法),狗永远不可能写出不朽的书或赢得诺贝尔奖。我们也知道是进化使狗具备了吸引我们的魅力,让我们必须满足它们的愿望和需要。然而,我们仍然让自己把狗当作朋友,谈论它们就像谈论我们有情有义的人一样。

这种思想也带来了回报,它让遛狗变得像读小说或看戏:我们暂时把怀疑抛到脑后,在一个小时左右的时间里,我们得以逃避平凡的生活。遛狗时,我们任想象驰骋,狗生活中最平凡琐碎的时刻也成为奇迹,让我们反复惊叹、讨论、放声大笑,甚至投入比对人类家庭还多的关注。

我的狗和我在巴特西公园共同分享的是像简·奥斯汀小说一样的精彩内容,他的那个"贵族圈子"会使达西先生都自愧不如。他的一个"粉丝"在去圣莫里茨滑雪的时候为他带回一个点缀着金色奶牛的项圈,这让他颇有一丝纨绔子弟的风范,就像亚历山大·珀普的狗那条富有传奇色彩的项圈,上面写着:

我是克佑区殿下的爱犬,
先生,请告诉我,您的主人是哪位?

还曾有一次,我在公园里遭到意外的求婚,当然,条件是要详细审查他的家族谱系。求婚的那位女士,住在国王路,习惯周末外出打猎,本可以成为他理想的新娘,可惜家谱显示,他的父亲是她的祖父。

在这里,我的狗在公园里如鱼得水,他在这伦敦南部的生活比《傲慢与偏见》里的生活还要丰富多彩。他那些油光水滑的切尔西朋友中,没有多少会在东闻西嗅之中偶然抬头,就能看见一个吸海洛因的瘾君子褪下裤子,寻找还能使用的血管。因此,虽然带着花哨的项圈,但这条狗仍然具有着一种斯托克维尔人物式的见多识广的昂扬气概。

他的名字叫酷豆。在接下来的内容中我会更全面地介绍他的情况,并且告诉你们他会把我们引往何处。然后我们只要跟着他走就行了。

当我呈上这第一篇专栏文章时,我五十多岁,已是饱经沧桑的老马。不过，我却比初出茅庐的小伙子还要紧张。

我坐下来，盯着空白屏幕上方闪动的光标，感到一种可怕的紧张失败感。主流新闻记者的一个优势就是，你一般不必费太大力气来说服观众关注你的报道内容。如果你在报道一场战争或一次超级峰会，或者在采访总统或首相（我采访了以往八位英国首相中的六位，这让我觉得自己真是太老了），这其中的重要性当然不言自明。可是，我真的能说服人们，我和狗的每日生活应该成为他们周六清晨的"每周必读"吗？

因为我之前的工作主要是播音主持，因此在整个职业生涯中，我一直致力于将所有隐含的个人观点从我的言谈和写作中剔除出去。然而，现在我要写的专栏，却完全是属于个人和私人化的写作。同时，广播稿需要写得直接简洁，最重要的是要直线表达（基础课：如果在中间错过了什么，观众或听众是不能像报纸读者那样回头去重新看一遍的），而专栏作者的艺术性却表现在曲折婉转的智慧表达和华丽语言风格的适当装饰。

所以，你可以想象，那个周六早晨，当报童把报纸"砰"的一声扔在我家门口的地垫上，而我看到我的专栏文章终于印出来了的时候，我是如何松了一口气。我妻子毫不客气地指出，酷豆的头像比我的好看得多。那仍然是我记者职业生涯中的一个里程碑式的时刻！

这个专栏是我职业生涯一段悲惨时期的意外产物。2008年12月，我失去了第四电台《今日》节目主持人的工作。而这件事带来的一个意外的结果却是，我发现自己原来是《每日电讯报》读者的宠儿。这家报纸为我举办了一次活动，结果写信支持我的读者人数多得惊人，这让我非常高兴。这件事尘埃落定时，报纸编辑部的一位资深编辑和我联系，问我是否有兴趣为他们定期写稿。

在我想到以酷豆的生活作为写作焦点时，我感觉相当战战兢兢；那时候《每日电讯报》正开始揭露议员的支出，这个报道对英国政界人物产生了深远的影响。相比之下，"遛狗"这个题目似乎略显琐碎。让我喜出望外的是，报社的高层却批准了这个选题。

劳伦斯·斯特恩笔下的人物项迪认为自己对时间的执着来自于自己胚胎时期父母的对话："哎呀，亲爱的，我妈说，"他在《生活与观念》中写道，"你没忘记给钟上弦吧？——老天爷！——我爸叫道，语气强烈，但同时还注意控制音量——自从开天辟地以来，能有女人用这样的傻问题来打扰男人吗？"酷豆在报纸上的未来很可能也取决于同样的方式，因为他是在一顿慵懒冗长的午饭时间里被孕育出来的——当然，我说的是作为一个写作概念，而不是实在的狗。

新闻界大范围长时间午餐聚会的传统现在已经几乎消失殆尽了。1979年我成为英国独立电视新闻公司的一名受训毕业生时，每到中午，整座楼里的工作人员都会一拥而出，聚到菲茨罗威亚和商业区的酒吧餐馆去。那时普通的记者只有在被安排去做某个报道时才需要真正做事，所以平时他们只是驻扎在大波特兰街一个叫作蒙特贝罗的饭馆里，欢乐地喝着红葡萄酒，直到报社办公室打电话到饭馆来找他们（当然，那时候还没有手机）。那时候，如果你要招待工作关系的客人，那就去贝尔托里、蜗牛坊或好味道餐厅，而且是公司付账。

现在我们都太忙了——而且，无论如何，现在的文化环境也不再允许这样的情况。"侦探眼"经久不衰的漫画"午餐欢宴"真的应该改名为"午餐无欢宴"。当然，现在的记者们都健康多了，以我为例，我现在却再也没有那时的那种体力了——只要午饭时多喝一杯，我就需要小睡（实际上就是午睡）之后才能恢复。但是我留恋那逝去的传统。那时候，熟人们有时候会在午餐时向你透露一些信息——真正没有其他人知道的独家报道。最重要的是，这还是一种放松而昂贵的讨论思想、交换八卦和共同思考世界的方法。这让新闻报道工作变得——我可以这么说吗？——很有趣。我有幸成为创始4频道新闻节目的优秀创新小组的一员，而这个节目之所以达到今天的规模和高度，正是因为那夏洛特街的面条和奇安蒂果汁中凝结出了创造力的精华。

因此，每当遇到现在非常稀有的享受悠闲的老式午宴的机会，我都会毫不犹豫地冲上去抓住。在2001年911事件之后，我做了几档关于911事件影响的系列节目。组织此类节目的方法很简单：只要尽量说服尽可能多的政界和外交界的重要人物接受采访，让他们讲述自己的经历，然后把这些采访编排在一起就可以了。结果效果比我们预期的还要好。有时候，当我们足够幸运的时候，我们还能让不同首府的高级政客们进行电话采访对话，这种对话往往激动人心。不过这也是需要耗费心血的工作，在每段冗长艰难的工作结束后，精疲力竭的制片人、编辑和我都会一起吃午饭以示庆祝。

正是在一次这样的午餐欢宴中——只不过是略带欢宴的气氛，如果按上世纪七八十年代的标准来说，就完全算不上了——我们的编辑说她家的英国史宾格母犬怀孕了。已经有些人预定了小狗，不过也可能——谁知道呢？如果这窝小狗很多的话——还有一两只没有找到人家。

那是一个所有的有利因素都集中在一起的时机。当时我正要开始写作一本新书，所以在接下来的六个月左右时间里我会尽量减少外出旅行。而且，我写第一本书的时候就养了一条狗，所以我还记得养狗对发挥我的创造力多么有帮助：当脑子里的写作材料乱成一团时，带着狗狗到草地上走一圈就能帮助自己整理思绪，产生灵感。

而且，当时我在《今日》节目的工作也渐趋固定。这档节目的工作模式意味着别人在家的时候我去上班，而别人去上班的时候我却在家（我通常凌晨三点四十出门，上午十点之前到家）——这样小狗就不会长时间独自在家。最后一点（这点我一直没有公开），我很希望家里能有个"男性"成员陪伴我：当时，我家里其他的家庭成员是：我妻子、女儿、继女和两只猫（一只是公猫，但是因为做了绝育，所以也不能完全算男性）——这个组合需要性别平衡。

我女儿爱莲娜和我继女罗希当然对我的养狗计划热情支持。而说服我妻子再多养一只动物——而且是比猫难养得多的动物,则比较困难,我不得不发下毒誓,说我会承担养狗的所有责任,她才答应先去看看那窝小狗:"我可没答应养哦,只是去看看喜不喜欢。"

那天下午,当她要从办公室出门去看小狗的时候,她的一个同事做出了非常明智的预言,他说:"如果你走到这一步,那你要决定的就不是养不养,而是养哪一只。"结果她差点儿就改变主意,不去看狗了。

最后,还是酷豆自己独"爪"了大局:当我们看到宠物箱里那堆暖烘烘、毛茸茸的小东西时,他把兄弟姐妹都推到一边,试图爬到罗希的怀里。这就搞定了。

最初,基本上一切顺利。当然,宠物们也曾经闹过争宠的矛盾。酷豆刚到家时,猫儿们向箱子里看看,然后带着漫画中蝙蝠侠那样愤怒的表情,跃过花园的矮墙离家出走,一周之后他们才回来。还有一次,我抓到酷豆企图在书房的沙发后拉屎,不过他脸上已经带着愧疚的表情,而且我大喊一声就让他没有再犯。总体来说,训练酷豆适应家庭生活的过程相当顺利,也没有给家居摆设造成多少破坏。

他最初几次到公园去的时候很紧张——有几次他趴在地上不肯走动,让我颇为尴尬——不过他很快就明白了,几周之后我们就形成了固定规律:我从《今日》节目下班回来就带他去巴特西公园或克莱帕姆绿地散散步,清醒一下头脑,然后我们就到花园的小屋去,我继续我的写作。

酷豆很早就在文学方面崭露头角了。那时候我在写的书是关于政治正确性的,而上午散步时我考虑最多的一个问题就是政治在多大程度上影响我们的语言。例如,我们是否应该称一位女性主席(chairman)为不含性别意义的chair、chairperson,或者是《纽约时报》曾经风趣建议的chairperdaughter。我答案的根据是,为人或物命名是一种宣告权力的过程——《创世记》中亚当有权力为动物命名就是最早的例子。

为了说明命名的权力之争,我引用了我家里为酷豆起名而展开的激烈斗争。那时候"脸谱"网站刚刚兴起,所以即使是没有和我们住在一起的家庭成员,也能参与给他起名的过程。在我的书里,我描述了"我继女和女儿之间建议和反对名字的一来一往,那些名字就像机关枪子弹一样被她们用来互相扫射……我的小儿子正在亚马孙雨林的某处享受大学前的旅游,他偶尔也会从网上发回玩笑般的建议:'我遇到一个可爱的巴西女孩,她说自己叫糖糖夫人——这个名字有可能入选吗?'我们还常常在脸谱邮箱里发现有'肉片'这样不靠谱的名字等着我们。我大儿子的建议就成熟多了('P不发音的Psmith史密斯?'),他女朋友起的名字则更加高档(诸如'杜鲁门'和'本尼迪克特')……"我认为,所有这些命名之争,实际上已经和小狗关系不大,而更多是家庭内部的权力关系体现。

我在书中得出的结论是：从原则上说，人们应该有权选择自己喜欢的被称呼方式。例如，如果眼睛不好的人愿意被称作"眼残人士"，我们为什么不尊重他们的意愿呢？在我看来，接受人们对自己的定位是最文明的做法——至少默认他们的定位。我把这称为"酷豆原则"，因为正是酷豆帮助我得出了这个结论。

在他生命的最初几个月里，酷豆还在另外一个重要方面帮助了我。我天生是个喜欢交际的人，可是写书却是一项孤独的工作。《今日》节目组那一群人在一起时很高兴，但是因为我那主播的工作意味着在办公室的几小时要高度集中地做准备工作，然后就是三小时的现场直播，我就有点儿像一个只有在临战时才归队的士兵；我很少有机会和别人闲聊八卦。这件事对我来说很有点儿悲伤，不过我越来越发现遛狗渐渐成了我社交生活的中心。

酷豆是那么漂亮的一条小狗，几乎所有见到我们的人都会忍不住朝他微笑，和我聊天。能和兴趣相同却与我工作内容毫不相干的人聊聊天，对我是莫大的放松。

到我开始写遛狗专栏的时候，我的职业生涯已经截然不同了，但是当我再次读到我最初写下的那几篇文章时，我又回忆起最初遛狗时期那无忧无虑的心情。

"可可毛毛爪上将"
不是狗名

2009 年 6 月 13 日

酷豆在巴特西公园最好的朋友叫"阿喀琉斯",这个名字来自于他家的小男孩和妈妈开的一个有趣而不乏深情的玩笑:他觉得,听到妈妈叫"阿喀琉斯……到这儿来!"(Achilles...come here 听上去有点像 Achiller...heel,就是"阿喀琉斯的脚后跟")很有趣。

作为一只西班牙猎狗,阿喀琉斯对脚后跟并没多大兴趣。不过,他倒可以说是公园里唯一一具有荷马史诗气质的狗(不过我怀疑他自己会不会这么说)。在《伊利亚特》中,阿喀琉斯总是和"飞毛腿"这样的描述联系在一起,而在现实中,阿喀琉斯追踪某块伦敦野味的美妙气味飞奔时一闪而过的金色光辉确实非常名符其实。

给自己的狗狗起个合适的名字有相当的风险——决定养狗的那阵疯狂很可能使你陷入过分虚华的险境。我们的邻居就刚刚抵抗住了一堆辞藻华丽、声音悦耳但是很过分的名字:"斯托克维尔蓬蓬公爵"、"可可毛毛爪上将"和"汀奇（如果你要问，这名字来自于说唱歌手汀奇·斯特莱德）"，最后还是踏踏实实地决定了最适合他们家贵妇犬的名字：泰迪。

我们家的狗得名于他的先祖遗风：他妈妈的主人家是南非后裔，那里的动物名字都来自于祖鲁语和南非荷兰语。在给他寻找合适名字的过程中，我们遇到了一个让我现在还感到相当遗憾的名字：在西非豪萨语中意思为"风"的Iska。这个词悦耳动听，可惜它结尾的a给人一种女性的感觉，而我家的狗是相当有"男子气概"的——所以如果哪位读者正在为自己家的飞毛腿母狗寻找合适的名字，我愿意把这个名字送给您。

我们为我家的史宾格犬起名为"酷豆"（英文Kudu，意为"大捻羚"），是因为这种动物体形硕大、善于跳跃，而且能够满足我们"狗代理的虚荣"（这种心理惊人地常见）的是，19世纪的猎人弗雷德里克·舍罗斯说这种羚羊"很可能是世界上最美丽的羚羊"。还有调查显示，雄性大捻羚"会避免暴力对抗的情况，喜欢躲避、绕开危险而不是去创造危险环境"。我家的狗在这方面也表现出了非同寻常的情商。在克莱帕姆绿地总会有狗狗之间的粗暴争斗，而他应对这种攻击场面的方法简直和我们BBC工作人员学习到的应对"敌意环境"的规定步骤如出一辙。

根据BBC的做法，如果你被劫持，首先尽量不要吸引注意力，同时要表现得很友好，但是绝不要卑躬屈膝唯唯诺诺，因为这会让绑匪觉得你毫不重要，很可能把你作为被绑架的一群人中的第一个牺牲品。

在绿地遇到那种有时饱含敌意、咆哮着招摇过市的粗壮大狗时，酷豆的反应就是站直、不动，同时摇着尾巴。他的表现非常友好，但是同时表现出毫不畏缩的一面。他从来不会吠叫，不过在极少极少的情况下，只有当某条狗在他身后的嗅探变得让他讨厌的时候，他会从喉咙深处发出很像样的低吼。

他和家里的猫也达成了协议。有时候猫会要来食物，然后特意留给他——而他则舔舔猫屁股（抱歉）作为奖励。我的一个朋友说："真的，这就像在职场。"

在议员支出揭露事件渐渐激化的危机时期，巴特西公园的灌木丛成了议员们的配偶常去散步的地方，当时各大报纸正在集中报道这些议员配偶的消费习惯。当我的专栏刚开始刊登的时候，我给一个深受此事件困扰的议员朋友发了个短信：如果他的选民们知道他对自己那条骨骼优美的威尔士史宾格犬玛格达的深情，一定会甚为惊讶。

我的短信是："希望你看到了《每日电讯报》头版的英国最美小狗照片。"他当时正在新加坡，非常紧张地回了一条短信："玛格达为什么上了《每日电讯》头版？他们查到我雇她当我的日记秘书了吗？"

大约两千五百年前，希腊多产作家色诺芬——这人似乎对所有事情都能发表意见——写了一篇关于狗的文章，讲到怎样训练小狗去打猎，还有一段专门指导为狗起名的方法。这文章直到今天也非常有用。他说狗名应该比较短，这样容易呼唤，他还提出了一个清单，从中可以看出，古希腊人喜欢把人类的品质投射在宠物身上，这和我们现在的情况也一样。以下是我最喜欢的一些名字：

提莫斯（Thymus），意思是"勇气"；

珀帕斯（Porpax），意思是"盾牌搭扣"——虽然有点儿过时，但是这双关语还挺有意思；

赛姬（Psyche），意思是"精神"——这个词很悦耳，不过我怀疑现在会引起误解（此词与"精神病"等很接近）；

菲勒斯（Phylax），意思是"保管者"——很适合守卫犬；

赛芬（Xiphon），意思是"飞奔者"——灵犬的最佳名字；

芬纳克斯（Phonax），意思是"吠叫者"；

弗莱根（Phlegon），意思是"热火"——现代人也许觉得有些自命不凡，不过如果是出身真正高贵的狗——例如，獒——倒是可以尝试一下；

阿尔克（Alce），意思是"力量"；

查拉（Chara），意思是"欢乐"；

奥古（Augo），意思是"明亮的眼睛"；

比亚（Bia），意思是"武力"——不过和豪萨语的Iska一样，用在公狗身上有点儿奇怪，因为这个词听起来有些女气；

欧伊纳斯（Oenas），意思是"狂欢者"；

阿卡提斯（Actis），意思是"光线"（例如阳光）；

赫尔美（Horme），意思是"急切的"——非常适合酷豆这样的狗，当然有人会理解为"急色的"，不过他有时候也确实是这样的。

我们给酷豆起名之后很久我才发现这个名单，我几乎忍不住想再养一条狗，就为了享受从中选择名字的乐趣。这些名字，几乎每一个的希腊原文听起来都比对应的英语词要悦耳。

热浪袭来，从速撤退

2009 年 6 月 27 日

巴特西的湖在炎热天气里变得臭烘烘的——一位切尔西的女士说"应该用吸尘器好好吸一遍"。慢跑的人们浑身臭汗，似乎特意与热天遛狗人们的可亲而漫无目的的逍遥背道而驰。

曾有人推荐给我一本书，开篇就提到这个湖是"热门的木屋度假地区，邻近公共卫生间和慢跑道"——这句话基本上是废话，因为大家都已经知道了，不过对于我和我的狗来说，这却是个新闻。

常去的地方突然间变成了陌生的地方。是从这里逃跑的时候了。

狗需要相信自己主人的举动是合理的——就像士兵相信将军的智慧才能保持清醒和勇敢，牧师也必须和自己信仰的神同心同德。酷豆通过充分的实践经验形成了一个认识：所有的绿地都是为了让他玩乐而设计的。当我们开车经过海德公园而没有停下的时候，他通常漠不关心的态度一下子变成了恼怒不已，爬到我手边的换挡处，而且一直歇斯底里地嚎叫，直到我们上了 A1 公路才消停下来。

这时候酷豆已经小有名气:《斯托克维尔新闻报》让他上了头条,紧跟在我那些对本地公园的刻薄评论后面。但是在我们即将到达的目的地,等着接待酷豆的那条可敬的博德牧羊犬,才真正是个人物。博迪的家被出租给电影人,而他也得到了几次出镜的机会。于是酷豆给了他应有的尊敬。

《小小英国人》中"碧蒂"那一集中,有杰拉尔丁·詹姆斯抚摸博迪的镜头。如果读者对"碧蒂"不熟悉,那么在YouTube上观看之前一定要三思。我们在《今日》节目做了一期关于母乳喂养的内容,之前别人推荐我看了"碧蒂",看过之后让我非常不舒服。难怪有时候博迪沉思的双眼中会闪现一丝存在主义的焦虑:经过一生的忠诚家庭服务和对绵羊的梦想之后,有谁能理解一个大男人躲在沙发后面对着吸奶器吸奶的场景呢?

博迪的主人是一位著名的律师,因此他对所有事情都抱有坚定的个人看法,他认为狗的智商可以通过狗能听懂的词汇来判断。他说,博迪能听懂所有关于"骑马"的各种变化的句子,无论是听到"咱们去骑马吧?"还是"现在出去骑一圈马",这条狗都会马上跑向马具室。酷豆经过学习,对周六早晨我妻子穿上散步牛仔裤的反应也差不多:他一看到牛仔布覆盖的腿就无比疯狂,以至于我妻子现在在尽量拖到出门前的最后一刻才会穿上牛仔裤,无意中为我的欢乐周末又增加了一抹半裸娇妻带来的激动兴奋。

就这样,我步行,博迪的主人骑马,我们一起出发,很快就到了神秘的英国乡村腹地,这种地方层层掩映,保存了荒野气息。我们离伦敦还不到二十英里——我们经过了斯特拉顿笨塔，那个18世纪的商人为了能看到自己的船在泰晤士河上航行而修建了这座塔——不过这里仍然是比阿特丽克斯·波特（维多利亚时期英国童话绘画作家，《彼得兔》的作者）深爱的那个哈特福德郡，她曾到埃森登看望祖母（我们能听到田地那边传来埃森登教堂的钟声）。

酷豆最拿手的绝活儿就是"气味制导高速急停转弯"：一旦他的鼻子发现值得嗅闻的目标，就会立刻锁定，仿佛雷达锁定鱼雷一样，然后，无论在什么速度下，他都能以目标为圆心旋转减速，即刻停下。看着他以高度专注的热情绕着篱笆打转，正是我需要的精力补充方式。

以气味为中心的世界观能让他达到忘我的境界，我恐怕他曾经在一个遛狗人的靴子上抬起腿留下气味。还有一次，我无可奈何地看着他一头冲在前面，鼻子锁定在巴特西最著名的遛狗人——撒切尔夫人的鞋子上。不过他那巧克力色脑袋里还有很敏锐的政治直觉：在最后的关键一刻，他的腿没有抬起，而她报以优雅一笑。

吉姆·诺蒂和我打破所有规矩的一天

2009 年 7 月 11 日

广播节目主播的一个基本规则就是绝不要跑步：如果你上气不接下气地来到播音室，是不可能恢复到正常状态的。另一个规则就是两个播音者绝不要同时说话：听众最讨厌这样。还有，如果你提高了音调，那么你很可能已经失控了——当然，这一条也有例外。

遛狗则截然不同。我在《今日》节目的同事詹姆斯·诺蒂和我在热浪中最热的下午去了里士满公园。这个公园是首府的巨肺（伦敦远郊最大的开阔地），只要一进公园大门，你就会觉得呼吸舒畅多了。即使酷热骄阳炙烤多日之后，那满是橡树和鹿群的辽阔空间仍然看起来郁郁葱葱，令人忍不住投身其中。

两只狗一跃而出。吉姆的苔丝——一只通常举止优雅的十岁可卡犬——发现了一个野营地，就一头扎进了那里的三明治中。而我的酷豆则跳到一棵橡树下"方便"——离一位在树荫下读书的老夫人只有不到一米的距离。他们俩的罪行奇怪地离我们距离对称、时间相同，于是吉姆和我立刻违反了所有广播界的禁律去维持秩序。

吉姆向我供认不讳：最近在南非，他吃了一块大捻羚的肉排。而据他说，诺蒂太太更为小心谨慎，出于对我家酷豆的尊重而拒绝了那道菜。我对她的敏感关怀深表敬意。

对狗狗来说，里士满公园洋溢着纯正乡村的气氛。而对我来说，这个皇家公园则是象征权力的花园：都铎王朝和斯图亚特王朝的幽灵们在此出没，而站在亨利八世国王土丘上，你可以鸟瞰威斯特敏斯特。我们开始谈论狗和政治。

理查德·尼克松一次最著名的演讲被冠以他家养的猎狗之名，他为此十分恼恨。1952年，在竞选副总统时，有人指控他有经济问题。他在一次电视讲演中做出回应，并借此挽回了共和党人的选票。

在以自己家庭"简朴"的生活方式作为有力回击之后，他承认自己接受了一位政治友人赠送的礼物。"你们知道是什么吗？"他问，"那是装在纸箱里的一只小可卡犬……黑白点儿的。我们六岁的小女儿特丽莎给它起名叫'查克斯'。你知道，我的孩子和所有孩子一样喜欢小狗，所以现在，无论别人会说什么，我都要说，我们要养这条狗！"

那次演讲就被称为"查克斯演讲"。尼克松抱怨说："好像我只是靠谈我的狗来挽回我的政治生涯的。"对像我这样喜欢可卡犬的人们来说，坏消息是：如果没有查克斯，可能也就不会有水门事件了。

吉姆喜欢美国政治，而我则着迷于法国政治。为了说明法国文化的先进性，我举出已故法国总统密特朗最富见地的传记《大秘密》为例，这本书就要归功于他的拉布拉多犬巴尔提克。

巴尔提克听到她的主人询问德国总理科尔一种德国泡菜的配方，据说其滋味醇厚得足以使玛格丽特·撒切尔在欧盟峰会上酣然入睡（根据我的记忆，往往是密特朗在这类会议上打瞌睡，不过随他去吧）。我们还从书中读到密特朗在巴尔提克的玩具里装上窃听器，派她把这些玩具扔到他怀疑对自己不忠的部下办公室里。他还用很长时间训练她往法国前总理爱德华·巴拉迪尔的萨维尔街牌裤子上撒尿。

与我1995年购买时相比，《大秘密》现在已经涨价了，我怀疑这本书的吸引力不是我这种对法国政治看法迂腐的怪人所能理解。巴尔提克看着主人衰老死去时的苍凉心情，让她的经历——而不是总统的经历——成为了真正吸引人的故事。这本书讲述的是我们希望狗狗对我们能有的心情。

我最近一次出国归来，酷豆迎接我时用前爪捂住了鼻子，浑身哆嗦，似乎承受不住那强烈的感情。难怪我们总是把狗人性化。

小狗知道谁是主人谁下命令

2009 年 7 月 25 日

"我觉得你家的狗很可爱,"我的邻居在一次德文郡晚宴上说,"你妻子看起来人也非常好。"

酷豆的良好表现十分出众,趴在土耳其地毯上的样子也显得雍容华贵。不过我过了一会儿才明白过来,原来人家在取笑我。那就像我一天之内抽了四包香烟的时候——那是在围困萨拉热窝时期,压力非常大——我才明白我需要控制一下自己的瘾头儿:是时候控制一下酷豆的习惯了。

我所在的教堂对人和动物的正确关系规定十分严格。圣奥古斯丁写道:"根据造物者最公正的规定,它们的生死都应该为我们所用。"托马斯·阿奎那则提出造物等级的概念,认为人类比动物等级更高,所以有权根据自己的需要使用动物。

这类观点让人们认为天主教有着无情的物种歧视,但是那天德文郡的晚餐让我清醒过来,认识到这背后隐藏的合理常识。

在布拉克山中散步的时候,我们的主人在带我们抄近路回肯特斯波尔的时候迷路了。当我们接近一个小农场时,他建议道:

"最好给狗系上狗链。"事实证明,这做法很明智。农场的农夫愤怒地朝我们叫喊,责怪我们没有顺着步行道走。我们耐心听着,尽量道歉,然后为了缓和他的情绪,我们告诉他狗系着狗链呢。果然,那愤怒的农夫镇静下来,接受了我们的道歉,虽然还有点儿抱怨,但允许我们穿过了他的农场。

那时候,狗狗们当然不愿意被狗链系着:那天早晨空气清新醉人,酷豆一直在努力和狗链做斗争。而我们完全是为了我们自己的目的利用他们:为了和农夫协商,平安通过农场。

狗在这方面具有无限价值。遛狗总是能提升我和别人的交流质量,我觉得有权利在这方面把酷豆当作社交工具来"利用"。当某个小孩儿想摸摸他时,我就让他坐一会儿;酷豆损失了宝贵的玩耍时间,但是人类的快乐却增加了。酷豆不太喜欢这样,但是也能接受。

但是托马斯主义对遛狗的理解却没有这么时髦。我曾经在第四电台主持过一次演讲,主讲人是动物权利运动精神之父皮特·辛格教授,那次经历让我很不舒服。辛格教授是个很有魅力和说服力的人,即使是非常可怕的观点,他也能让你接受。

辛格认为,决定物种权利的关键在于感觉能力,而不是理智。因为狗能感觉到快乐和痛苦,所以歧视狗就和人种歧视大同小异。他认为,一个智障的人可能比动物的智力还要低,而且因为新生儿还缺乏感知能力,所以杀死婴儿和杀死成年人不是一回事。按照这种逻辑,"处理"病孩子可能比"处理"狗更合理。

我则用艾琳诺·古德曼的短毛猎犬的故事作为回答。

这位著名的政治评论家也常去巴特西公园遛狗,她讲述了她家老狗阿灰安乐死的故事。当时,他们在草地上铺了一块毯子,给了阿灰一块鸡肉,在他吃肉的时候,兽医就进行了注射。整个过程中,她家的小猎兔犬弗洛里一直在落地窗里看着。

阿灰的尸体刚被移走,弗洛里就跳出来,开始在那块毯子上四处搜寻。艾琳诺以为这是狗狗告别朋友和亲人的方式,结果弗洛里只是在找那块鸡肉。

我想,在我离开人世的时候,我妻子肯定会有不同的反应。说到底,狗就是狗——即使酷豆也一样。而且他们对现状十分满意。

2
轻率鲁莽的感情

梅丽莎比他先发现，先明白过来。萨尼斯肯定睡着了，因为刚刚天亮她就低吼起来，一种压抑的、饱含意味的吼声——"这是什么？"于是萨尼斯醒了过来。

"梅丽莎？怎么了？"

她站在卧室外的窗前，回过头来看着他从乱成一团的床上直起身。他意识到，引起她注意的是人声，从下面桑塔洛萨街上传来的恼怒、恐惧的人声。街对面有人开着窗户，传出收音机的声音。那不是音乐——萨尼斯听不清具体内容，但是能听到那声音的语气低沉严峻。

在小说《巴尔干间谍》中，间谍小说家阿兰·福斯特安排主人公的狗宣布1940年意大利人入侵希腊的消息——小说中的关键时刻。我很喜欢福斯特的小说：他的文字像黑白照片一样清晰明确（他明显也是个爱狗的人），而他在这里利用梅丽莎的方法非常符合他将大量信息纳入简短悬疑小说的微妙手法。

梅丽莎在书中出场很早：她是一只山狗，"一个80磅重的大女孩，长着浓厚柔软、黑白相间的皮毛，一张温柔的脸，长长的口鼻，美丽的眼睛。"她有着强烈的看护犬的本能。她每天的生活是这样的："作为统治这条街的女王，她早晨先送他（她的主人萨尼斯）走过几个街区去上班，直到本能告诉她不会有狼群袭击他的地方才停下。接下来她回家去护送本地的孩子去上学，然后陪邮递员送信。这些任务完成后，她就去邻居的院子里看护鸡舍，用大爪子垫着脑袋趴下。"

萨尼斯每周一次带她去和母亲吃晚饭，在希腊的萨罗尼卡港，当警察的萨尼斯享受着闲适的战前生活，而梅丽莎则是这生活里的一个中心角色。因此，当战争来到萨尼斯家门口，通过让梅丽莎同样成为巨变时刻的中心人物，福斯特不露痕迹地提醒我们主人公失去的一切。

巴勒斯坦作家葛哈达·卡米在回忆录《寻找法蒂玛》中利用了同样的技巧。她的狗莱克斯被她当作童年幸福生活的象征符号，那是20世纪40年代中期，她家是个巴勒斯坦的职业家庭，生活在联合国授权的英国统治下。虽然有越来越多证据证明巴勒斯坦必将成为一个犹太国家，但是因为坚信英国的权威和善意，这个家庭不愿面对现实。他们的生活幸福舒适，不愿相信这生活即将被暴力和战争打破。1948年战争爆发，他们终于被迫接受现实，几乎来不及逃脱：

"葛哈达！过来，快过来！"莱克斯在花园铁门里面，她在外面。房子的门廊空旷破败，显得神秘荒芜，似乎他们从没在那里居住过，从没把那里当成家。清晨的天空映着花园里光秃秃的果树。

她的每根神经和肌肉都在尖叫着反抗这命运，她无力逃避的残酷别离。她把手按在铁门上，莱克斯以为她要进来，于是开始边叫边推门。妈妈把她从门边拉开，推进出租车，让她坐在法蒂玛的腿上。其他人也上了车，穆罕默德砰一声关上车门。她扭过身子，跪着从车后窗向外看。

又一声爆炸。那曾经状况良好的出租车轰鸣着启动，开始加速。可是透过后车窗，只有她能看到那悲惨的一幕：莱克斯想办法跳出了铁门，站在路中央。他安静地站着，一动不动，望着渐渐远去的汽车，他的尾巴僵直，耳朵直向前伸。

那一刻，小女孩无比清晰地看到，他和她知道得一样多，他知道他们将永不再见。

这文字和阿兰·福斯特的一样简洁直接，如果说有区别的话，这回忆录更加凄美，因为它是真实的故事。葛哈达·卡米的回忆如快照般清晰，让人真切感受到那种大难来临时令人泣血的无力感。狗和人类的关系建立在一个互换的基础上：为了报答他们对我们毫无保留付出的爱，我们要在危急关头照顾他们。可是当历史的大潮将我们淹没时，我们这些人类就把自己的责任抛在脑后。我们不知道莱克斯后来怎么样了,但是当我们阅读后面的篇章时,会经常想起他。

我发现自己即将失去第四电台《今日》节目主播的工作,这虽然很难和轴心国入侵希腊或葛哈达·卡米描述的被巴勒斯坦人称为"大灾难"的事件相提并论,但对我们斯图尔顿家来说也是相当大的打击。回想起来,我惊讶地发现在那情绪低潮的日子里,我居然花了那么多时间考虑我们的狗。严肃重大的想法,如"我已经过了事业的鼎盛期,以后该走下坡路了"之类的,和照顾酷豆的琐碎思绪缠绕在一起:如果我找到一个工作时间正常的合适工作,谁来照顾酷豆?谁去遛他?如果我的新工作收入不高,不够雇人遛狗怎么办?

酷豆的反应是那种非常典型的狗狗发愁的表情,眉毛拱起,显得难过而迷惑,似乎在说:"我不知道出了什么问题,无论如何,我感到非常难过……现在,咱们能不能把这先放到一边,出去散个步呢?"

《三人同舟》的作者杰尔姆·K. 杰尔姆非常好地描述了宠物看到主人难过时的反应:

> 当我们双手蒙脸、希望自己没有降生在这个人世时,它们不会直挺挺地坐在那儿,看着我们独自消化吸收这一切。它们甚至根本不希望我们从中受到警告。
>
> 它们会温柔地凑过来,用脑袋蹭蹭我们。如果是一条

狗，它会用那真诚的大眼睛看着你，仿佛在说："唉，我永远和你在一起，你知道的。我们会一起走下去，永远相互支持，不是吗？"

狗真是鲁莽轻率。它从不操心你是对是错，不关心你在人生路上是平步青云还是急转直下，不问你富贵还是贫穷、聪明还是痴傻、高尚还是罪孽。无论你走运还是倒霉、美名远扬还是臭名昭著、光荣还是耻辱，它都会紧紧跟随你、安慰你、保护你，如果你需要，它还会为你付出生命……你是它的好朋友，这对它来说就足够了。

这听起来都是实情——只是有点儿太煽情。但是，如果像葛哈达·卡米那样，你无法完成自己的那份责任怎么办？养酷豆是为《今日》节目的生活方式设计的，而且我签了保证书，向妻子保证酷豆由我全权负责。

结果，小狗专栏让酷豆不再是问题，反而成了解决我职业困境的出路：我再也不用为宠溺酷豆带他去遛弯感到内疚，因为现在可以宽泛地说，这也是我的写作实践。而且，像阿兰·福斯特的梅丽莎和葛哈达·卡米的莱克斯一样，酷豆也成了我的一种写作策略。

只不过，他不是一本书里的角色。他是只活生生有个性的小狗。我很快发现，这也使我对他的写作变成一种享受。

在下一期专栏中，我开始企图用他作为描述其他事物的工具,然后就发现他纯粹凭着自己的个性重新挤了回来。我和一个邻居写邮件交换狗狗的信息——她也是人到中年才开始养狗,她在邮件中告诉我她在萨福克海岸边租了一栋小屋。那地方听起来十分吸引人,于是我马上就接受她的邀请,去享受一次野餐和散步。写酷豆专栏成了绝佳的借口,能让我到喜欢的地方去,还说自己是在工作。

事实证明,科夫海斯名符其实地神秘美丽,我们在沙滩上享受了一次美妙的散步。但是在我的记忆中,这是一次和狗狗们的散步,而不仅仅是散步。那儿也有孩子——而且带来了很多欢乐——但是狗狗们才是那天的决定因素。我可能把酷豆当成了我的写作工具,可是没人告诉他这件事,所以他当然继续按照自己那狗狗的欢快个性自行其是。狗对事物的反应不动声色地为我们的感受增添了色彩。

就像本章第二篇末尾的那个年轻人发现的那样,狗狗也能让我们感到惊讶,甚至能改变我们。

酷豆和新朋友对历史没感觉

2009 年 8 月 8 日

爱奥尼亚的湛蓝海水在召唤我。摸着手里的车票,我感到对酷豆的一丝亏欠:他当然也应该享受一个暑假。

这次旅行只有一天,而且萨福克郡岸边的海水是黑滚滚的颜色,看起来像是浓稠的沥青,不过我们的散步非常好。我本想把这种感觉当作秘密留在心底,但还是说出来吧:我们国家这片奇怪的土地抗拒了现代世界的变化影响。20 世纪 30 年代的一位旅行者曾经说这里"缓慢的步伐至少比英国其他地方慢了一个世纪"。

在闷热的车里待了两个小时之后,酷豆对科夫海斯圣安德鲁教堂的荒凉遗迹没有半点儿审美上的兴趣。这里的墓园荒芜开阔,让酷豆无法抗拒自由奔跑的诱惑,我也不得不羞愧地承认,我偶尔也会放纵小狗亵渎几块古代墓石。不过这些忧郁古怪的废墟也让酷豆时时分心,不能集中注意力。

科夫海斯是中世纪萨福克郡全盛时期的一个繁荣的港口。这里的商人通过花钱建造教堂来显示自己的财富(萨福克郡曾经因为这些教堂而被人称为"圣城")。圣安德鲁教堂曾经非常巨大,张扬着六对哥特式的大窗户和一座足以被水手当作地标的高塔。可是今天，这里却几乎片瓦不留：没有港口，没有城市，几乎一个教堂都没有。最奇怪的就是，在曾经的大教堂中殿位置建起了这个像小木屋一样的小教堂——教堂建在教堂里面，就像俄罗斯套娃一样。

这里到底发生了什么？狗狗们——主人家的狗是一只叫作阿尔菲的诺福克猎犬，除了迷恋马粪之外，各方面都很可爱——没兴趣了解历史上的事儿，而更喜欢赶着历史向前跑。在教堂前有一条小路，小路一边是种着整齐平淡东部安格鲁庄稼的农田，另一边是面向海滩的一片低矮岩石。阿尔菲一跑到沙滩上就开始挖洞，酷豆也学着他挖起来。海岸侵蚀是科夫海斯衰落的一个原因，它吞没了港湾和房子——现在，狗狗们决心也要出一份力。

科夫海斯的历史是金钱和信仰离奇结合的产物。宗教改革使这里的鲱鱼业没落，因为新教取消了旧宗教遵守的七十天禁欲期——在这期间不能吃肉，只能吃鱼。17世纪40年代，一个叫威廉·"破坏者"·唐兴的人来到这里，他是个像塔利班一样的清教徒，据说以"毁坏偶像崇拜和迷信的碑像"而著称。唐兴在一篇日记里兴高采烈地记录了自己破坏圣像的成就：他在科夫海斯教堂毁掉了两百幅圣像。

丹尼尔·笛福在18世纪早期来到这片海滩，受到启发写下："万物的命运啊，我们看到城镇、君主、国家、个人都在时间的孕育和自然的变化中经历着兴起、发展、衰落，甚至毁灭。"可是我们又该怎样理解那个至今仍在一片死寂荒凉中岿然挺立的斗士般的小教堂呢？

在懒惰的时候，我们很可能把这片一直绵延到塞斯维尔的沙滩描述为"一成不变"的景色。但实际上，几个世纪以来它一直在改变。这时候，仿佛为了证明这一点，一架从附近机场起飞的蝙蝠形状的轰炸机正在我们头顶上懒洋洋地转着圈。

但是狗的习惯却是一直没有改变。我们的女主人很放纵阿尔菲的疯狂挖掘。她说，他是一只梗犬（这个名字来源于 terra，拉丁语的"土地"），人们驯养这种狗就是为了让它们挖洞。她承认这种习惯让他在陪她做园艺的时候有些讨厌，不过我们怎么能责备他继承自祖先的本能呢？

海岸边的那片荒野水域现在成了野鸟的厕所，而酷豆的遗传记忆就此被唤醒。他像一道闪电一样冲进水里，寻找能够抓住叼回来的野鸟。当然，他没有成功，但是——别管阿尔菲喜欢粪便的习惯——他高高兴兴一路散发着臭气回了家。

狗没疯——是主人精神有问题

2009 年 8 月 22 日

自从这个专栏开始以来，有那么多作家承认自己对狗的兴趣，其数量之多令我惊讶。在杰尔敏街——那里的高档衬衫店里，现在还能看到项圈上刻着贵族夫人名字的纯种狗——有一位知名的小说家和我聊起来。

她哥哥在结束了一段长时间的感情之后，开始担心这事情对宠物狗的影响，于是带他去看犬类精神病医生。那医生告诉他："狗没问题，不过你需要专业帮助。"

在 16 世纪，英国人还没真正认识狂犬病的时候，"疯狗"这个词的意思是"烈酒"。在美国校园俚语中，"疯狗"指的是致幻剂五氯酚。它还曾经在美国监狱中被当作动词使用：如果你"疯狗"某个狱友，意思就是你在瞪他。各种各样奇怪的人——加拿大摔跤手、小说中的雇佣军人物和一位纽约脱口秀主持人——都曾经用过"疯狗"这个绰号。

在我们家，"狗疯了"是大家常说的话。只要有人说"去去去"，酷豆就会冲向花园，其他人就会喊："狗疯了！"同样，当他转圈狂舞着冲向温布尔登公园里他最喜欢的水池时，我们也会喊"狗疯了！"

实际上，酷豆的反应是完全符合逻辑的。"去去去"的声音是人们鼓励这种狗去追逐狐狸的命令，他完全明白其中的含义，因此即使我们的声音很小，他也会立刻冲出去。他喜欢在能看得见水底的地方游泳，所以对他来说，温布尔登的池塘比巴特西公园的湖更有吸引力，而转圈狂舞是他表示兴奋的自然反应。

所以，狗是清醒正常的，疯狂的是我们。

纽约作家雷吉·纳德尔森和我一直在通信，讨论在她的下一部小说中为主人公阿蒂·科恩加一条狗（因为在上一部书中，阿蒂遭到了一次重大打击，雷吉认为养条狗可能平复他的心灵创伤）。我觉得史宾格犬很不错（我见过它们在阿富汗检查爆炸危险品，而且它们是最适合警察的宠物犬），不过有个文化方面的问题，就是一条曼哈顿的狗是否需要有不逊的个性——完全不是酷豆的那种性格。

雷吉现在痴迷于养狗，照她自己的话说就是"即将进入养狗状态"，不过我已经解释过这话并不是太合适。她是犹太人，最近写信详细告诉我有一家机构能代办"狗狗成年礼"。这家机构的网站上说："在为狗狗准备成年礼的着装时，要考虑两件事：狗狗对穿衣服的忍耐程度，以及客人看到狗狗穿着宗教服装的接受程度。"他们提供狗狗的圆顶小帽和祈祷袍，还有"多种颜色的大卫之星狗手帕，便于今后常年使用"。

另一位著名的女作家（没错，这篇文章里就出现了三位）告诉我说，当她采访自由民主党人埃夫伯里勋爵（如果记得以前政治事件的人就知道，他是奥平顿递补选举的）时，他说他打算死后把尸体捐献给巴特西狗收容所里的流浪狗。现在我们知道，英国人在这方面的疯狂和美国人不相上下。

但是这周，英国的养狗狂造成了令人不快的新闻：我们的树（似乎有成千上万棵）受到了一种"斗犬"的破坏，因为狗主人让狗咬着树枝吊在上面以加强咬力。酷豆下午散步的小公园里，那些小树苗上留下了这种恶行的可怕伤痕，几乎奄奄一息了。

在克莱帕姆乐购商场排队的时候，我妻子和继女正好站在一个年轻人旁边，他牵着一只典型的"斗犬"，不过这只小罗特维尔犬十分可爱，显然还没受到"咬树"训练。她们蹲下来逗那只小狗玩，最后那年轻人也笑了起来，开始询问酷豆的情况，和她们聊起了各自的狗——在这一刻，他脱离了养狗的疯狂，只是个傻傻的爱狗人。

激情公园里的咆哮

2009 年 9 月 5 日

我现在已经得罪了克莱帕姆绿地的那些遛狗人：一位礼貌的女士认为我把这地方描述为斗犬和粗暴斗争的地方，对我加以责备。她说："我们这儿可不都是恶棍，我们这儿的狗叫勃鲁盖尔、卢梭、莎士比亚，还有迪布利——副主教夫人的狗。"

而我这周的观点很可能得罪的不只是克莱帕姆的朋友们，而是英国所有母狗的主人。我蹚进了犬类性别权利斗争的浑水里。

这周末我妻子带酷豆去克莱帕姆散步的时候，他迷上了一只阿尔萨斯猎犬。那只母狗的主人是个看起来挺体面的男人，而他对酷豆的反应则是用报纸打他——那好像是周六的《电讯报》，让酷豆遭到了被自己报纸殴打的耻辱。

我妻子把酷豆拉到一旁，问那狗主人他的母狗是不是在发情期，而他怒吼着回答："不关你的事！"这风格一点儿也不像个《电讯报》读者。

克莱帕姆绿地不是适合吵架的地方，尤其是和一个用报纸当武器的男人吵。不过，他把一只发情期的母狗带到满是热情公狗的公园来，就像把雷管带到火药库里一样，这难道真的和其他人无关吗？

这里就出现了一个带发情期母狗遛狗的道义上的难题。

另一次令人不快的对话也表现了这个难题。在绿地里，有一个年轻女士带着孩子、腊肠犬和菲律宾女仆一起野餐。酷豆友好地去闻那条小狗时，那女仆一下子把腊肠犬举过头顶。无论我怎么大声喝止，酷豆还是一直跳着想去够那小狗。

那位年轻女士说："我恐怕她正在发情呢。"

我因为酷豆不听话而略感恼怒，于是回答的语气稍显生硬："那你就不应该带她出来。"

结果她答道："要是这么说，如果你的狗没有做绝育，他也不应该出门。"

虽然可笑但符合逻辑，不是吗？

不过，这其实和我女儿经常发表的关于衣着的观点十分类似：她认为自己可以随心所欲地穿衣服，而不必为对男人们造成的刺激负责任。当我指出我们住在斯托克维尔，而不是乌托邦，建议她周六晚上外出时少露一截腿时，她就说我是性别主义老古董。

公狗就像跑车。为了尽情享受跑车，你一定要喜欢它们张扬的特点：在潮湿路面上的良好抓地力，能扬起最多尘土的高效发动机，还有纯粹为了渲染气氛而发出的轰鸣噪音。但是，和高速跑车的司机一样，狗主人也必须对狗有绝对的控制：不能撞倒孩子，不能偷吃别人的野餐，不能用爪子弄脏人家白色的裤子，还有，绝对不能攻击别人。

现在，在大多数情况下我都能控制酷豆。是的，他往那只过分打扮的哈巴狗身上撒尿是很过分，不过也没办法。但是我没法训练他面对发情母狗还能保持冷静——当然，这就是狗和人的区别所在。我知道，一只农村的史宾格犬，因为他的第一个新娘是坐在四轮摩托车上来的，直到现在他每次听到四轮摩托车的声音还会兴奋得发狂。

所以，经过深思之后，我诚惶诚恐地提议：狗主人在母狗发情期带她们去公共场所时，他们对其他狗的行为负有基本的责任，所以不应该用报纸殴打别人的史宾格犬。

不过我还可以提供一点儿帮助。在瑞典，给狗做绝育曾经被法律禁止（因为这侵犯了狗的权利），所以母狗主人们就给狗狗打避孕针，就像避孕药一样。我知道这里有一个狗主人也采用了这个办法。虽然兽医非常反对，但是这位狗主人受过医疗训练，坚持认为，为了自己的母狗有自由享受"化学罩袍"[①]引来的殷勤，付出这一点儿些微的健康风险是非常值得的。

上面的这篇文字如我所愿，激起激烈而多种多样的反应。有人说我是性别歧视，"这篇文章绝对是大男子主义"，是不负责任，也有呼声要求阉割酷豆——一想到这我就禁不住皱着眉夹紧双腿。不过网站上也有很多人支持我的观点。我最喜欢的一条——因为它精辟表达的怒气——是："当你的母狗发情时，你就

---

① "化学罩袍"此处比喻狗浑身上下散发出的吸引异性的气味。

有责任让她远离其他狗,不要去克莱帕姆绿地这样的地方,那里人类的大量性活动已经够让人恶心了。"

写作专栏三个月后,我开始伸展手脚,昂首阔步——甚至敢于对写作形式进行小小的实验。有一周,我以酷豆自己的语气写了一篇文章。

把自己的狗当成人物来描写是件很微妙的工作,很容易过度推测。如果你问我是否了解自己的狗,我当然会说是的,但事实上,对于酷豆的心理,我能客观确定的内容实在少之又少。他当然对人很有感情,即使是最凶暴的狗对自己的主人也会很有感情;他似乎对人类的疾病或痛苦很敏感。他合群得到了滥交的程度,温和得到了懦弱的程度。我怀疑——不过这只是个理论——他有那种往往伴随美貌而来的开朗性格:如果大家总是很高兴见到你,你一定会形成友善的世界观。

但是除此之外,所有一切都只是我的猜测。那对深深的棕色眼睛真的表达了某种灵魂深处的忧郁吗?那对扬起的眉毛反映的是对人类世界莫测神秘的迷惑关心吗?说到底,狗到底是怎么"思考"的,如果他见到莫测的神秘事物时,他能知道吗?所有这些问题都没有答案,在试图想象酷豆的"心声"时,我发现自己常常成为他实际上的"异类"。我认识到,如果我假设得太过分,我就真的把他变成一个二维的写作工具了。

这篇文章发表时,《电讯报》交换了我们照片的位置,酷豆骄傲地占领了顶端的页面,而我的照片退到了专栏底部。

这厨房外面的世界太残酷

2009 年 9 月 19 日

每个人都告诉我，我的眼睛表情非常丰富。我也发现，睁大双眼能对人类产生奇迹般的影响。我承认，我曾经利用这双眼睛从人类那儿搞到一两次美味。不过我的主人，那个最聪明的男人，注意到了，其实我的眼睛背后藏着真正的忧郁，所以让我在这里讲一讲我的国家发生的憾事。

通常来说，我很喜欢懒洋洋趴在厨房地上，半梦半醒地等着舔盘子的时候，我的男主人和女主人总在这晚饭前的一小时左右闲聊，而我挺喜欢听他们聊天。但是上星期，她从一个叫"狗信托中心"的地方带回了惊人的消息。似乎是，我被人遗弃的同类数量上升到了新的纪录：在这个所谓的爱狗国家里，共有 107 228（这个可怕的数字到底是什么意思？）只流浪狗被从街上救回。她指着一个新闻标题："经济衰退咬人，流浪狗一跃而起"。我痛恨人类这么喜欢狗的双关语！这篇新闻说，有将近一万只流浪狗"长眠不起"——这委婉的说法真让人不寒而栗。

以前我不会为这种事忧愁：年轻的时候，有那么多屁股要闻,根本顾不上其他事。但是我每天去公园都要路过巴特西流浪狗之家,那里传出的悲惨嗥叫告诉我无家可归是多么难受。有时候我也会在公园里遇到那里的住客,有一两只特别怒气冲冲——生活的一个谜题就是有些狗就是性格不太好——不过他们更多是因为不幸的命运而心灵扭曲。

公园里贫富差距十分凸显。秋天,我所有的朋友都回来了,用澳大利亚热吻——就像法式接吻,不过是在后面——彼此问候,讲述在国外度假的故事。有两只猎犬在怀特岛海边住了一夏天,还有一只戴着颈铃的轻浮的年轻母狗坐飞机去了托斯卡纳。我的生活没有切尔西那群狗那么刺激,当然,我还有我的抱怨:例如,为什么在我精心藏起来的骨头即将到达可口腐败状态的时候,我的主人一定要把它找出来呢?不过和那些被人遗弃的兄弟姐妹相比,我们都是非常幸运的。

当然,我们总是关心血统,而且没错,我也很自豪我的曾曾祖父母是第十五届户外赛的冠军,而我妈妈,梅多利亚(她所在的犬俱乐部)的玛德琳,则是冠军史宾格犬斯特得洛克·斯科尔和迪科尔小姐的女儿,一点儿不假。不过现在,我的社会良知已经建立,我对这种对血统的关注产生了些微怀疑。我有一个常来巴特西的朋友,他的女主人总是操着华丽的法国腔,介绍他是一只"猎野猪的大巴赛特格里芬凡丁犬"。那家伙很不错,但是现在巴特西有多少野猪啊?最近我主人在家里吃晚饭时说,一个工党党员买了一只"马达加斯加棉花面纱犬"。我们真的能容忍左派的这种轻浮行为吗？

从厨房餐桌上飘下来各种让我难过的消息：有个国家因为恐惧狂犬病而打死了几千只狗；一位丹麦议员为了清除过多的杂种基因，希望清除国家里的所有杂种狗。这间舒适厨房之外的世界怎么成了那么残酷的地方？曾经一度，我们还蔑视那些残忍的外国人和他们惨无人道的虐狗行为，不过我怀疑，现在我们还会那么想吗？

也许我应该把名字里的"英国"去掉，就说自己是"史宾格猎犬"。

我不会经常公开发表这类意见。我能在这儿加上一条个人信息吗？我听主人说我妹妹梅丽生病了，是因为吃了一盘还插着取食签的香肠。我希望她早日康复。

3
狗的人性

是第六感，还是对月嚎叫？

2009 年 10 月 3 日

我收到过一位读者的有趣来信，我得到他的允许，在此引用这封信，不过隐去个别能透露身份的细节。

1984 年，我的第一任妻子病危，我儿子和我轮流在医院陪伴她。我们家的狗是一条非常棒的威尔士史宾格猎犬，我妻子不在时狗就不愿睡在厨房，而是坚持睡在我或我儿子的卧室里。最后，我在医院的时候，我妻子去世了。凌晨三点半，我给我儿子打电话。他说："我知道妈妈是三点钟去世的。巴希尔起来哀嚎了。"在这条狗 14 年的生命中，那是他唯一一次哀嚎。

这位读者希望知道是不是还有其他人也遇到过类似的犬类"第六感"的经历。

我在这一点上同意哈姆雷特的看法。在见到鬼魂之后，他对理智主义的朋友霍拉旭说："在这天地之间有很多事情是你那哲学梦都梦不到的。"与道金斯那样激烈抨击不符合科学的情感相比，对这类故事保持开放观点似乎更加理智。但是通过对相关文献的研究，我似乎也倾向于道金斯那一边了：这个故事来自于一本叫作《狗天使》的美国故事集。

讲故事的人是个退役的海军军人，他正在公墓里带着他的杰克拉塞尔短腿狗散步。我想他一定给那条狗起名叫"JR下士"，还给了他士兵编号：USMC21264539。我们很快就会知道他很可能是个颇为乏味的散步伙伴："我总是带着水、JR的折叠水碗、JR的急救箱、一把瑞士军刀、我们俩的零食、我的鉴鸟手册和可靠的尼康7x5望远镜。"

突然，JR开始疯狂地挖土，我们的主人公注意到这只狗正在挖一个军人的坟墓，他帮忙清除残土，然后……"我看到墓碑上的字时，心跳不由加快了：'Jack A. Russell，德克萨斯，信号兵下士，1928-1952'。"主人公描述说，"JR下士是怎样把头枕在Jack Russell下士的墓石上，这个死于越战的士兵和他同名"。并且感慨："我不禁惊叹于一条小狗是用怎样的尊敬和纪念带给我们新的启迪，让我们相信任何一个阵亡战士都不应被人遗忘。"

还有一个故事说的是一个美国亚利桑那州的人，因为他的獒犬特穆金带他找到了一顶写着"无所畏惧"的破棒球帽，于是他重新找回了自己的宗教信仰。我也在美国住过，而且也是个铁杆棒球迷。可是，真的，这也太过了！

人们最常用来证明狗第六感的事情就是，我们开门进屋时，总会看到家里的狗热切地等在门口。酷豆特别擅长这件事,一边拼命摇着尾巴,同时还出于猎狗的本性,叼来一只鞋作为欢迎礼物。(他的嘴很软,除了有一次毁了我儿子女友的Jimmy Choo名牌鞋以外,通常我们的鞋都能幸存下来。)

对于这件事,我绝对支持科学理性的解释。因为我在家工作,所以经常能看到这种表演的幕后准备工作:无论是某个家庭成员还是邮差,只要有人走到门口,酷豆都是一样兴奋。这件事有科学解释,据说犬类的听觉极其敏锐,已经经过无数事例验证的犬类预报地震的能力(最早的记录是在公元前4世纪的希腊),也是出于同样的原因。

然而,正在我考虑这篇专栏文章的证据时,我87岁高龄的岳父刚刚患感染痊愈,来我家暂住。他身体仍然很虚弱,偶尔还会浑身发抖。酷豆一见他就发出同情的呜咽声,而且当他上床休息时,这只狗一直陪着他,连续几小时关切地看护他,直到他感觉稍好为止。

第六感还是超凡的敏锐?其实说法并不重要,对吗?

上面这篇文章激起的读者反馈前所未有地有趣好笑。文章登出之后,我查看了《电讯报》的读者反馈网站,看到一个叫格雷格的读者提供了这个故事:

几年以前,我朋友养了一条黑色拉布拉多犬。他住在伦敦一栋复式住宅的一层。那是一只普通的狗,很友好,有礼貌,虽然很聪明,但也不是特别出众。那时候,我朋友离婚了,十分孤独,那只狗和我就是他唯一的真正朋友。

有一次,我们俩坐在他的客厅里讨论女人。他说他已经绝望到开始尝试婚姻中介和广告,可还是找不到称心的人。那只狗也在房间里,我觉得是在"听"我们说话。我记得狗在那里,因为我去他家的时候,那狗总是坐在我脚边。过了一会儿,我朋友对那狗说:"马尔林,给我找个完美的女人吧,好不好?"我们俩一起大笑起来。几分钟之后,我们正在他的小厨房里煮咖啡,他听到马尔林在前面花园里大声吠叫,那花园和后院连在一起。我说:"可能门口有人。"

我们走到前门,打开门看到马尔林正站在一个非常迷人的女人身边叫着。她说:"你好,这是你的狗吗?我一开车门他就跳到了我的车上……我刚从朋友家出来,就和你隔几个门!"我们站在那儿,目瞪口呆。

18个月之后,我的朋友克里斯和那位迷人的莎拉结婚了。

我很想知道后来克里斯和迷人莎拉是不是生活幸福,魔术狗马尔林有没有为主人的生活施展更多幸福魔咒。格雷格(或克里斯,或是迷人莎拉),如果你们出于神奇的偶然读到这本书,请与我联系。

现代传媒理论的权威马歇尔·麦克卢汉曾经做出著名论述:

电视是"冷酷的媒体",而广播是"热情的媒体"。我在电视台工作时,我发现电视屏幕确实使我和观众之间有所隔膜:有时候人们对待我的态度就仿佛我不是真人。而广播则截然不同:听众对于那些能进入他们卧室和浴室的声音感到更加亲近,经常会毫无顾忌地对你的节目加以批评或称赞。

但是我发现,专栏是更加"热情"的媒体:读者们真的会用你所写的内容对应他们的个人生活。因为科夫海斯的那篇文章(2009年8月8日那篇),我惹来了很大的麻烦:我说自己偶尔"会放纵小狗亵渎几块古代墓石"的轻率言论带来了恶果,那里的一位居民通过我的代理人给我寄来一封愤怒的投诉信。结果我不得不给她写了一封道歉信。这件事让我很郁闷,因为我真的觉得科夫海斯是个很神奇的地方。这件事给我上了一课,让我明白仔细斟酌写作词句的重要性。

不过,我主要还是感到和读者直接交流的关系给我很多收获。报纸的网站鼓励读者在那里表达自己的观点,所以我看到的大多数反馈都来自那里。博客空间则是个直率粗暴的地方:在博客上,人们似乎摆脱了在书面写作中束缚他们的那些利益规范。(一位作家曾经在博客中说我是"现代英国道德衰败的标志",而她是绝不会在她的国家级报纸专栏里写下如此言论的。)不过总体来说,养狗的人都很善良,所以我受到的批评指责实际上非常少。

有些人只是想通过网站和更多人分享关于狗狗的奇怪轶事,

例如这个:"我叔叔有只狗叫鲍勃。这非常诡异,因为大家都知道通常叔叔才叫鲍勃!实际上我叔叔叫阿瑟。"

网站上还不断有人提供很好的关于狗狗的故事,有些我会用在我的专栏里,有些我看着笑一笑或者和家人分享。这个专栏已经变成了一场对话。

通过狗狗看总统

2009 年 10 月 17 日

新闻界常说的一句话是：狗咬人不算新闻，人咬狗才是新闻。不过看看这个：因为被迫搬出拥有世界上最好花园的宫殿，狗咬前总统作为报复。

事情是这样：法国前总统希拉克的微型马耳他梗"相扑"在搬出爱丽舍宫、离开那片大草坪之后，不得不接受精神治疗。希拉克家现住在一栋大房子里，已故黎巴嫩首相拉菲克·哈里里曾在那里居住（想象一下对我们前首相的类似安排，本报纸将做何评论），但是显然对"相扑"来说这里远远不够华丽。他开始"固定"攻击自己的主人，最近疯狂扑咬了希拉克先生的腹部，让希拉克夫人十分难过："流了那么多血，我吓坏了。"她说："真可怕，那些小牙！""相扑"因被送到英国治疗而蒙羞。

作为一个狗专栏作家，我对国际政治深感兴趣，还曾做过一段驻巴黎通讯记者，这件事对我来说简直是完美的新闻材料。政治、法国公共文化生活和法国犬类思想的莫测奇异，这些都是最适合加以评论的主题。这周在灿烂秋日里遛狗时可供沉思的内容是多么丰富啊！我认为酷豆和我的结论非常接近——只不过我们是从不同的视角来看待这个问题的。

我的直觉告诉我，为了挖掘这个故事的含义，我们应该从政治入手。一个同样诡异的问题是：乔治·W.布什在白宫度过的最后一段日子里，他的苏格兰梗巴尼也开始咬人。是不是当总统不成功，养狗也养不好呢？

所有养狗的人都知道狗能感受自己的情绪，而巴尼咬的人都是新闻记者。共和党在总统选举中失败几天后，一个路透社记者试图摸摸巴尼，结果被他在手指上狠狠咬了一口。如果说他是在实现主人内心的幻想，是不是有点儿不靠谱呢？

酷豆往往会先看狗，再看主人，我有个想法："相扑"和巴尼的故事验证了他的一个偏见——我开始怀疑他不喜欢小型狗。我知道，这个观点肯定会引起诸多争议，但这远不是本篇文章中最富争议的话题。

我们在克莱帕姆绿地遇到一个女人，她像印第安人背婴儿那样背着一只小狗。酷豆没有叫——他非常有礼貌——但是他困惑而蔑视地看了那小东西一眼。说到底，狗的重要使命就是一圈圈跑着收集各种气味，只有在碰到狐狸粪的时候才偶尔停一下，如果连这都做不到，那还活什么劲儿呢？

酷豆的想法也许有些道理：非常小的狗真的适合位高权重的任务吗？弗拉基米尔·普京的回答显然是"不"，他曾经对乔治·布什说，苏格兰梗配不上世界领导人的地位，并且炫耀他自己的拉布拉多犬比美国总统的狗"更大、更坚强、更健壮、更快速、更恶毒"。当然,这是在巴尼攻击采访白宫的记者之前,你能看出普京先生想要表达的含义。不过什么样的政治家会觉得恶毒是值得骄傲的呢?

无论是先看狗还是先看人,基本原则是一样的:了解其中一方,你就能了解另一方。虽然政党政治并不是本专栏的主题,不过这也算是判断政治领导人的一个好办法。

卡梅伦告诉我——我记得是在《今日思考》节目的休息时间——他曾经养过一只史宾格犬。我写专栏时,担心透露这个信息会让读者敏感地认为我对托利党有所偏向。卡梅伦还告诉我说史宾格犬到老年之后气味很大,我们现在还没到那个阶段,不过我估计他说的是对的。

去参加美国万圣节游行吗？
不了，谢谢……

2009 年 10 月 31 日

乘火车从华盛顿去纽约的路上，我坐不住，去了餐车。火车正经过特拉华岸边的开阔地，我欣赏着车外那些门前草坪延伸到水边停船处的漂亮房子，开始和两个准备回家的典型的华尔街人聊天。

此时他们已经喝了不少啤酒，领口敞开，真丝领带歪歪扭扭，高档西装也有些皱巴。我们聊了托管、清算和举债经营。我摇着头表示对追求顺差的同情，讨论了预先秘密运作的时间，还和他们一起回顾了几笔交易。这就像是一部斯皮尔伯格的电影——美国人经常这样：我想，这些家伙中的某一个，可能回家就会在工具棚里发现外星人。

做机构风险分析的那个人——吼吼，我听见你们说什么了——突然多愁善感起来，他说："真想赶紧回到韦斯特切斯特，和我的韦斯蒂好好在院子里撒撒欢！"然后他就和他那在"宇宙之主"公司的朋友开始谈论狗，一直到新泽西，他们对这个话题的热情不亚于对待高额融资。

首次用狗专栏作家的视角在美国游历，我惊讶地发现这里狗文化的地区差异如此之大。华盛顿是个盛行南方礼节的随和的地方，这里的狗非常符合此地的气质，每天两次在宽阔的林荫道边悠闲漫步，从来不会硬拉狗绳（不像我可以在这里举出的某只狗），含蓄礼貌地彼此问候。而我在纽约遇到的多数狗则与此相反，他们就像纽约的酒店房间一样：细小而装饰得华丽可笑。而在谷歌公司加利福尼亚的前卫办公楼里（在那里，在一个非常富有加利福尼亚风情的时候，我亲眼看到这家因特网巨头的一位传奇创始人端着午餐穿着溜冰鞋滑过前厅），则奉行开放的养狗政策——狗狗们快乐地和那些"写代码"的怪人们混迹一堂。

和美国相比，我们这个自称"爱狗"的国家真是显得无地自容。

在美国，如果你想找个能分享爱狗热情的伴侣，有一个专门的婚介机构为你服务（如果你感兴趣的话，看看www.datemypet.com）。如果你想看关于狗的新闻，《纽约邮报》每周有一版专门刊登犬针灸之类的专题文章。《现代狗狗》杂志能告诉你前十位的狗博客。如果你刚刚痛失爱犬，不妨考虑做一个"纪念枕"，这样你就能"把骨灰藏在隐秘内袋中搂在胸前"。

华盛顿和纽约的书店里摆满了类似《回来吧，科莫：赢回爱犬的感情》这样的书，主题通常是通过对狗狗的爱得到心灵的救赎:《伟大的小生命——一只快乐小狗的回忆录》的封面简介是

"小狗崔克西怎样教主人（作者孔茨）信任自己的直觉，说服他把工作时间缩短到每周五十小时，最重要的是，帮他重拾对奇迹的感受……"

在这个专栏中嘲笑别人非常危险——我在对酷豆的描写中也把他充分人性化了。但是对狗过分感情用事很容易变成残忍无情。11月初美国到处都是万圣节游行的队伍，人们给自己的狗穿上荒唐可笑、具有侮辱感的服装参加游行。我会给酷豆穿上粉红色的短裙或法国女仆装吗？我不会的，而且我很怀疑那些这样做的人是否对狗持有正确的道德观念。

回到家感觉很好。酷豆和我不会"在院子里撒欢"，不过我们很喜欢一起在花园里到处闻一闻，看看哪些地方需要修剪。

每只狗都应该在主人的工作中拥有一席之地

2009 年 11 月 14 日

酷豆和我向威尔士史宾格猎犬莫莉送上我们迟到的祝贺，恭喜她荣获威斯特敏斯特年度狗明星的殊荣。她的主人，影子国际发展局局长安德鲁·米歇尔，据说是"喜出望外"，声明他和莫莉是"代表萨顿科尔德菲尔德（他的选区）的所有狗接受这份荣誉"。在本报报道此事所配的照片中，莫莉表现得对自己的美貌优雅自信，看起来和那无耻的政治投机行为毫无关系。

年轻漂亮的小狗会成为很有感染力的模范形象，而且莫莉在私人生活中也为社会大众提供了可贵的榜样：她是一只工作犬。我不是说她会去抓野鸭或放牧羊群，更不是贬义的"工作女孩"的含义（我碰巧知道她的贞操受到严密守护，因为我曾经代表酷豆追求过她）。实际上，莫莉的女主人会带她去上班。

在我上一篇专栏文章里，我曾经说过互联网巨头谷歌公司采取的鼓励创造力的新潮工作规定中就包括允许带狗上班的政策，除此还有午餐时间打排球、"你不必为了显得严肃而穿西装"等口号。现在我要在专栏中公开表态：应该在尽可能广泛的范围里鼓励带狗上班。

当然，有些行业应该是例外：你肯定不希望酷豆在玻璃工厂里摇尾巴，我也理解本地屠宰厂近日挂出的标牌："抱歉，狗狗禁止入内——无论多可爱的狗"。作为补偿，他们在赠送骨头的时候很大方。不过整体来说，应该允许狗主人带狗狗上班。

雇主们很快就会发现这样做能改善员工的人际关系。在一条狗面前争吵是不可能的——当然得是有良好教养的狗。在我们家，只要有人提高声音，酷豆就会露出难过的表情，并且礼貌地干涉。

狗狗有助于集中注意力：如果我的写作卡了壳，我就会到小屋里去，酷豆趴在我脚边，很快就文思泉涌了。狗对健康和安全有非常敏锐的直觉：如果我持续工作的时间太长，我就会发现酷豆用大脑袋蹭着我的膝盖，要求我离开电脑休息一下。

最重要的是，狗狗能打破公司企业中常见的虚伪浮华。佩皮斯有一篇著名的文章，记录1660年查理二世回到英国的情景。国王乘着豪华无比的皇家查理号抵达多佛港，而佩皮斯则带着小船组成的小艇队迎接他："我去了，曼塞尔先生、国王的一名卫士，还有一条国王很喜爱的狗上了小船。那狗在船上拉屎，引得我们大笑起来，我就想，国王和他的一切无非也和其他人差不多嘛。"显然，我们不会让狗狗随处便溺，但是狗对待人类的那种欢乐而一视同仁的态度会提醒那些不可一世的CEO们，他们"无非也和其他人差不多"。

作为这次重要提议的补充，这里给大家讲一个故事，是一位读者对我那篇狗狗"第六感"文章的回应。他说他一直照顾自己生病的老父亲，他说在父亲生命的最后时段，会时常"发作痉挛"。他的西高地梗苏菲总是能提前警告他，父亲的痉挛要发作了。她会走到床边，发出一种特别的叫声，这样这位读者就能提前做好准备了。

想象一下，这样的一条狗在董事办公室里能发挥多大的作用吧。

20世纪90年代早期，我在英国独立电视新闻公司做外事编辑，那段时间有很多国际最高级别会议集中举行：苏联在解体，德国在重组，巴尔干半岛在打仗，欧洲联盟（后来的欧洲共同体）则在激烈地协商关于欧元的问题。所有这些问题都需要国际上高级别的要人举行无穷无尽的会议，因此我也在飞机和酒店里度过了长得令人痛苦的时间。

这些会议大多在迷人的环境中举办：罗马的官殿，法国的乡村城堡，或著名的风景如画的荷兰老城马斯特里赫特，但会议运作的方式让我们不可能欣赏或享受这些美景。东道国政府会找到合适的可利用空间——往往是地下停车场之类的——在那里建立"媒体村"，提供临时办公室和广播设施。而这些人造的空间就成为我们临时的家园，我们可以参加新闻发布会、吃饭、完成报道，而根本不必到地面上换口气。我经常在凌晨到达而很晚离开，因为我主要负责十点新闻，而且我完全有可能在巴黎、莫斯科或华盛顿度过两天，却没有看到这些伟大的城市。这感觉变成了一片模糊：在那些年里，我去了所有地方，但哪里也没看到——经常因公出差的读者都会了解这种感觉。

我发誓不再那样旅行——事实上，我已经把这件事上升到了道德高度。如果别人花钱让你到国外去，你也已经在旅程中增加了地球的碳排放，我觉得你就有义务对那个地方略加探索。所以，无论我在报道旅程结束时多么筋疲力尽，我总是强迫自己尽量走走看看。

而酷豆则带给我了解陌生地方的一个新视角。

2009年秋天又是一段集中出差的时间：我在制作"21世纪头十年"的一个广播系列节目，我们雄心勃勃地要在全球范围内讲述这段时间。我们努力以新闻报道的节奏来讲述这段大历史，紧张得让人喘不过气来。同时我还在坚持这两周一篇的专栏写作，虽然比较和缓，但也需要一贯持续。

于是，我利用一切机会在所到之处寻找写作材料：我用截然不同的视角去读报纸、看街上的行人和与人交谈。针对新闻和时事的采访要求了解事实要素：你根据自己希望了解的中心向深处挖掘，直到挖出像钻石一样宝贵的真正重要的信息。而对狗的观察却截然相反：细枝末节最重要。你在徘徊游荡中寻找意外奇特的情景，某个时刻的一瞥（例如我下一篇文章中说到的粗野街头狗帮派）就会激发出你的灵感。

  渐渐地，我发现了我一直寻求的，我学会用一种全新的更丰富的视角去观察一个地方的特点和风俗。当你不知道自己在寻找什么的时候，你最好从书本中抬起头来，看看身边变换的世界——这样的旅行才能真正开阔心灵。

希望你在这里——
不过不是在菜单上

2009 年 11 月 28 日

上海

瑞金酒店

亲爱的酷豆：

我正在看的今天早晨的《上海日报》上有一幅照片，是一个年轻的中国退伍士兵在和自己的嗅探犬告别。那只狗极其像你——也有充满灵性的眼睛和像人一样的拥抱——所以看到这幅照片，我决定给你写这封道歉信。

你最讨厌的两样东西就是袖扣和行李箱：袖扣让你知道我要去工作了；而行李箱则意味着我们之中有一个要出门，这也是你非常不喜欢的。我有些怀疑你在我离开时表现出的沉沦于绝望郁闷不可自拔的情绪，因为我知道你和那位遛你的女士玩得很高兴。不过我承认，我在一个月之内辗转于波斯尼亚、荷兰和中国，还有美国的加利福尼亚，这对你来说是太过分了。我也很想念和你散步的日子。

不过你如果听说这里的事情，一定会惊讶无比的。看看《中国日报》上的这条新闻："宠物爱好者从餐桌上拯救800只猫"。别把这个消息告诉拉夫和滚滚——我知道它们是猫，但我们毕竟是一家人。而且，我得告诉你，中国人也吃狗。我看见一条长得挺聪明的杂种狗在路边的烧烤摊旁捡肉吃，然后在一片骂声中逃走，我的中国助理叫道："但愿它吃的不是自己的同类。"

根据《中国日报》的报道，一群爱猫人围住了一个猫贩子在天津的住所，最后逼得他打开了一排排铁笼，把猫放出来。猫贩子说他花了十元钱（一英镑）买一只猫，而且毫不避讳地承认这些猫是要送到广州去"杀死做菜的"。因为中国没有禁止贩卖猫的法律，所以爱猫人的唯一武器就是道德劝说——结果他们成功了。

很多中国城市现在实行每家一犬的政策。办狗证花费高昂：在上海，如果你想在市中心养条狗，要每年花两百英镑。

但是，随着中国越来越富强，更多的中国人开始享受养狗的乐趣。现在，仅仅上海就有十五万只注册宠物犬——而且当地人告诉我，还有更多没有注册的。今年9月，一只叫作长江二号的藏獒成为有史以来最贵的狗，被一位山西女士用35万美元买下。

你和我都知道——那个天津的猫贩子也通过教训明白了——宠物主人们在必要的时候会非常团结。你还记得那天咱们在巴特西公园发现那只流浪的老腊肠吗？几分钟之内咱们就集合了一队切尔西的女士，一起抓住那可怜的家伙，把他交给了公园警方。那种令人兴奋的共同的使命感让大家在瞬间成为朋友——事实上，一位女士和我熟得过了头，开始向我抱怨她那讨厌的儿媳，"那种女人连给狗洗澡都不会"。

中国的狗主人们也抱着同样的认识开始行动了。今年夏天，上海的法律制定者提议制定一条严厉的法律，禁止狗出现在市中心的公共场所和电梯里——在一个满是高楼大厦的城市里，这可是非常关键的。这个提议激起了激烈的公共辩论——这在中国是不太常见的。但是，当市民们本着共同目的团结起来，进行和平的非政治性抗议时，这可能是对管理者的最严重威胁。

所以，有些中国人过去指责宠物是资产阶级堕落腐化的玩物，这话是对的。酷豆，你就是资产阶级腐朽生活的代表。但是我得说，万岁！

很快回家，

你的主人

4
狗的狗性

2009年11月底,我女儿的男朋友安德鲁从阿富汗回来休假,他描述的在赫尔曼德省穆萨恰雷地区战斗的情况真是惊心动魄。

他带领的是一支前哨侦察小队,我非常不专业地转述他的解释就是,要带着他手下的人到一片无人占领的沙漠区,在那里等几天,看是不是有人会向他们开枪射击。枪击往往会发生——这并不奇怪,自从2007年11月英国占领了穆萨恰雷地区之后,塔利班就一直在骚扰那周边的驻军。当然,他给我讲的狗的故事是贡献给我的狗专栏的,但是我们也可从中对阿富汗的战争窥见一斑。

让人伤心的是,到了战争的这个阶段,我们已经非常习以为常地看到那些盖着联合国旗帜的棺材抵达林纳姆的英国皇家空军基地,然后被装上汽车,在庄严的寂静中驶过伍顿巴西特的威尔特郡车水马龙的街道。但是在英国的人们仍然没有真正认识到,对于阿富汗前线的士兵来说,子弹和爆炸已经成为了他们日常生活的一部分。

在前线作战的士兵常常年轻得令人吃惊。2008年，我在赫尔曼德省做报道，我大儿子同年同校的几个士兵在拉什卡尔加的英国基地见到我，我的第一本能反应——惊恐地想象到我儿子被委以那种攻击性武器——就是说他们现在玩枪还太年轻了，并且请他们马上把枪放下。其实，他们那时25岁，在前线已经算是老兵，肩负着在我看来沉重得可怕的责任。

阿富汗的战斗使军队的构成变得非常奇怪。和我年龄相当的高级军官曾经参加了比较和平的冷战，他们中有些人已达到最高军衔，可是却很少或根本没有什么面对枪口的经验。然而，那些在底层战斗的大部分士兵却对那种感觉都非常清楚：现在已经有整整一代在军中服役的年轻人经过了实战，而且往往是非常血腥的实战。

安德鲁的狗故事则能帮我们对这种情况有所认识。要不是因为有狗的因素，那天只是一个普通的例行战斗日——士兵们喜欢称之为"动感活动"，决不值得全国性报纸的注意。这个故事也唤起了这些年轻的部队设法在这种高压情况下仍然保持的欢乐情绪。安德鲁后来告诉我，他给手下的士兵读了这篇文章。这让我深受感动。

我们的狗在阿富汗英勇无畏

2009 年 12 月 12 日

酷豆最近停止了为我们家贡献的最重要的一份快乐——在家里人和好朋友到来时隆重欢迎。

这星期，当我很晚回到家时，他只是伸着鼻子在厨房门旁闻了闻，然后就悄悄回去睡觉了——如果大家感兴趣知道的话，他还占了我在床上的位置。更糟的是，他让我在一次媒体采访中大失所望。《今日》节目打算做一期圣诞专访，主题还是那争论不休的关于狗是否可以预感家人回家的有趣问题。办公室派出一位王牌记者，和我一起等待我继女从学校回来的时刻，结果酷豆伸直身体、盯着前门的方向，让我们充满期待——可是然后他却沉浸于和一只猫的打闹，完全错过了那个关键时刻。

但是，我要高兴地告诉大家，当我女儿的男友从阿富汗休假来看我们的时候，酷豆贡献了完整的欢迎仪式——在门厅里疯狂奔跑，再献上一只咬烂的袜子来代替野鸡。这也很合理，因为这位男友（出于保密的原因，我在这里称他为"男友"）曾经在非常艰难危险的情况下为酷豆的同类挺身而出。

男友的小队有一只爆炸物嗅探犬——一只非常像酷豆的英国史宾格犬。他把手榴弹埋在沙里，测试嗅探犬的工作效果，结果酷豆的表亲（我敢肯定他们是亲戚，因为所有血统正宗的狗都是亲戚）立刻就蹲坐着一动不动，鼻子颤抖着朝向正确的方向。男友也利用这只狗来缓和与阿富汗人的关系，因为在他工作的地区，那里的阿富汗人往往从未见过外国军队，而他们对一只训练有素的狗和指挥员之间的关系倒是十分感兴趣。

他向我们描述了他与一个英军小组的联合行动，那个行动指导联络组正在训练阿富汗国家军队。当男友的装甲车艰难地穿越一片耕地时，他们遇到了伏击，遭到了塔利班的火力攻击。他们设法到达一座山脊上的制高点，压制住对方的火力后，行动指导联络组和他们的阿富汗同志就撤退了。

但是根据那里的地形，男友的小组只能重新穿越受到攻击的区域（又名"杀伤区"）。刚走到一半，一辆车陷在泥里，他们试图把它拖出来，结果又遭到塔利班的火力攻击。正在这时候，行动指导联络组通过无线电传来消息：他们当时带着一只怀孕的宠物狗，结果在撤退时把她弄丢了，男友和他的部队可以把她救出来吗？

令人惊讶的是，他们居然设法找到了她：桑迪（这不是她的真名，还是为了保密）正在战场中间呜咽（意料之中），于是他们抱起她，并把她带回家。但那可怜的小东西惊吓过度，结果在装甲车里流产了。当他们把她送回去的时候，阿富汗部队认为整件事就是一个黑色幽默,而相反,行动指导联络组的英国人却因为失去小狗而伤心不已。

我们很幸运,生活富足,养狗取乐。可是像赫尔曼德那样的地方却容不下我们狗文化的那种奢侈。在那里,养狗是为了保护自己的财产和人身安全。我们的士兵努力一边战斗,一边用我们的狗文化做出示范。用康德(我怀疑塔利班不太会读康德)的话来说:"我们可以通过一个人对待动物的态度来判断他的人性。"

接过拜伦勋爵手中的狗链

2009年圣诞次日

酷豆在纽斯特德修道院度过一个假期,这是拜伦家族的旧居。纽斯特德现在属于诺丁汉公司,可以出租用于公司活动(那位诗人肯定不会喜欢的)。但12世纪的奥古斯丁修道院零落的遗迹仍然矗立在那里,那片拥有树林和湖泊的广阔地区仍然浪漫如初。对于一只狗来说,还有什么圣诞礼物能比得上在野外悠然漫步呢?

我们将参观拜伦勋爵那只著名的温柔的纽芬兰犬——水手长的纪念碑,他于1808年死于狂犬病。这令人印象深刻的纪念碑——顶上放着一个大理石骨灰盒突——上面刻着也许是有史以来最好的狗的墓志铭:

在此处近旁
贮有一具遗体:
它有美质而无虚荣,
有威力而无骄慢,

有勇气而无残暴,

有人的一切美德,而无其罪戾。

这篇颂词,倘若铭刻在人的墓顶,

那就是一文不值的谀辞;

用以纪念"水手长",一条狗,

却是恰如其分的赞美。

虽然人们广泛认为这墓志铭出自于拜伦本人,但现在看来实际的作者可能是他在剑桥的朋友约翰·霍布豪斯。霍布豪斯可能是在用这些诗句与拜伦开玩笑,因为拜伦无疑具有虚荣、傲慢、凶暴和罪戾。

水手长去世时,拜伦正处在人生最哥特式的阶段。他用一个死去很久的修道士的头骨当作水杯——如碑文上说:"我手中握着这唯一的骷髅杯,它不再是一颗鲜活的头颅,愚钝不会再流淌其中。"一篇19世纪的回忆录中记录着:"他邀请朋友们狂欢,牵来一头牛模仿古代的荷马史诗式宴会,像亚洲节日一样将葡萄酒当作奠酒,他们像古罗马角斗士一样摔角打斗,最后在一片骚乱和灯红酒绿中结束。"

但看起来毫无疑问的是,拜伦对水手长的死深感悲痛。另一位朋友记录道:"他不止一次用裸露的手,为狗擦干病痛发作时嘴唇上厚厚的黏液。"拜伦写道,他的狗死了,"一直到死都保留这所有温柔本性,从来没有试图伤害任何靠近他的人"。

拜伦对一般的动物,尤其是狗的感情,是他生命中最令人意想不到的中心之一。他的一个著名之举就是,由于他的斗牛犬斯玛特引起的争论,他在剑桥大学三一学院时买了一头熊:听说大学规定不允许在学校里养狗,而规定未涉及养熊,所以他买了一头熊以嘲讽相关人员。

当雪莱于1821年去拉文纳拜访拜伦的时候,他发现拜伦家里有"八只大狗、三只猴子、五只猫、一头鹰、一只乌鸦和一头猎鹰"散布四处。当拜伦在希腊逝世,遗体被运回家乡时,霍布豪斯发现又有一只忠实的纽芬兰犬趴在棺材旁边。

为什么这样一个"疯狂、恶劣和危险"的人却会对狗有着这样的深厚感情呢?这个问题在这个季节会特别突出,因为当雪寒风凄时,所有的狗主人都必须问自己为什么还要坚持每天遛狗。"小狗很讨厌,它们从来不关门"的怨言这时候也特别有力,因为寒风总是透过敞开的大门乘虚而入。

这个问题的答案就在于狗的简单本性:他们的快乐单纯直接,他们的越轨行为直率透明——我们发现酷豆在餐桌底下讨食,最简短地哼一声就会让他不好意思地溜走。生活越复杂,这种简单就变得更具吸引力——而拜伦的生活绝对是无比复杂。

上周我看着酷豆追逐野鸡,完全沉浸在基因决定的本性追求,享受着运用鼻子和四肢的快乐。对我来说,那是充满交稿期限和繁杂工作的复杂一周,虽然和荷马史诗式的狂欢盛宴不太一样,但我认为我了解拜伦情归何处——不过这是诗人绝不会采用的说法。

拜伦买熊一百七十多年后，我作为本科生就读于三一学院时，狗仍然是一个引起争议的话题。那时的院长巴特勒，那位著名的聪明成功的保守党政治家，本应该——至少他自己认为——会成为总理，但却被麦克米伦占据了那个位置。当他们搬到院长小屋居住时，他强势的妻子莫利带来了一只小猎犬，巴特勒夫人可不习惯有人告诉她不允许做什么事情。

学院没有改写禁止养狗的古老规定，而是决定改变她那宠物的物种。一个本科生在大法院发现了那只小猎犬，厚着脸皮向学院院工告发（院工总是戴着吓人的圆顶礼帽，负责执行学院纪律）。结果那院工回答道："先生，那不是狗——学院规定不许养狗。那是一只猫。"

好书诋毁狗

2010 年 1 月 9 日

耶路撒冷不是爱狗的城市，当我下周为电台第四台的报道再回到那里时，我并不指望在大马士革门看到大群猎犬。

在这个城市漫长的历史里有过关于狗的事件。十字军带来了他们的猎狗（想想十字军墓的石狗），在关于英国委任统治时期的记录中也常有狗的故事。但这个城市有吸收外国文化的"炼金术"：它吸收适合它的部分，却对那些让它不适应的部分视若无睹。而这里没有狗的情况正是源自《圣经》。

狗在《圣经》中的地位十分可悲。布鲁尔（《成语和寓言词典》）指出："《圣经》中没有只言片语提及狗的忠诚、仁爱和对人的照顾，而这些都是我们如此重视的品质。"相反，狗在《圣经》中被描述为低劣卑微的动物。

在《列王纪（上）》中，狗被用来咒骂耶罗波安，那个说服自己的臣民崇拜两只金牛犊的犯错的以色列首领。耶罗波安受到这个预言的警告："我必除尽耶罗波安的家，如人除尽粪土一般。凡属耶罗波安的人，死在城中必被狗吃……耶和华如此说。"

《新约》中也是一样。彼得的第二封信明确把狗和最肮脏的动物——猪相提并论。他写到叛教变节者时说："根据真实的故事，他们身上发生了这样的事，'像狗寻回呕物食，如猪洗澡滚泥塘'（《新约·彼得后书》2：22）。"

这个冬天酷豆散步后的清洁过程让我对《圣经》中认为狗如此不洁的观点深感困惑。耶路撒冷外贝都因人定居点的山羊可能有点儿灰尘，但列王和彼得肯定从来没有见过在英国乡村漫步归来的史宾格犬。

酷豆最近在北约克郡、诺丁汉郡和萨里丘陵散步。每天都是相同的过程。首先他把自己弄湿，看上去浑身脏兮兮的。然后，他屁股后挂着长长的荆棘肆意奔跑，那荆棘就像军用吉普车上的软天线那样在他身后疯狂挥舞。然后，他找到一个恶臭水坑，把腿和腹部尽可能深地泡在里面。然后，我们（说实话，一般是我妻子）亲热地摸摸他，仿佛这一切都很可爱。

当然，我们不是那些分发《圣经》的人，我们应该对这种故意在污物中肆意打滚的行为严词咒骂。

圣保罗的著作可能会提供解决这一难题的线索。他有一篇著名的文章，谴责割礼的做法——这文章既富有争议又极其著名，因为它被作为基督教反犹太教义的一个基础。圣保罗在《腓利比书》中写道："那些狗你们要当心，当心造孽的，当心割肉的。"

圣保罗用"狗"比喻那些宣扬扭曲基督教义的伪教师。他利用了我们这些现代英国狗主人最重视的一点——我们的宠物与人类相似的素质——并把这素质解释为一种险恶。我们看狗时，看到他们反映出我们自己最好的一面：十字军战士墓上的石狗是用艺术形式表现的对上帝的忠诚，而《圣经》的作者却似乎从中看到了某些邪恶的因素，正如《启示录》中所说："城外，则是些狗类，那些淫棍凶手和弄巫术偶像的。"

文雅的打趣就说到这儿。下面我用一个实际事例来结尾：酷豆的皮毛有着非凡的自我清洁的能力。让他在厨房里待一会儿，无论他把自己弄得多脏，他的皮毛总是能恢复富有光泽的巧克力和牛奶颜色。哪位读者能解释这是怎么回事吗？

大家都知道，《圣经》是引起人们"参与"的长盛话题。以上这篇专栏文章被一个美国的"思想网站"作为新闻故事引用，结果其点击率之高相当令人满意。其中，有反宗教的爱狗者——"让《圣经》和所有那些讨厌狗的人见鬼去吧！"有反对狗的宗教爱好者——"我期待没有狗吠、路上没有狗屎的天堂"。但也有一些既相信《圣经》又喜爱狗的基督徒，并试图让我改变看法，承认自己对《圣经》理解错了。

其中有些人引用了迦南女子的故事，她走近耶稣，要求他为自己的女儿驱魔。最初，他拒绝了她，因为她是一个非犹太人。根据马太的故事版本，耶稣说："我奉差遣无非是到以色列家迷失的羊那里去。"当她继续坚持时，他说了简短有力的一句："不好拿给儿女的饼给狗吃。"但她迅速回答道："主啊，不错；但是狗也吃它主人桌子上掉下来的碎渣儿。"耶稣对这还击如此印象深刻，于是满足了她的愿望。

这故事很吸引人，因为它显示了耶稣被一个女人的聪明打动，而不是她的面容。但是，我看不出来这怎么表明耶稣对狗的爱好：他只是把"狗"当成一个侮辱性的词汇，遵循了伟大的《圣经》传统。

我不想再多说阿富汗那只杂种狗桑迪的故事，但是她悲惨的命运的确让我发现，我们英国人是多么难以理解阿富汗的文化。

这篇专栏文章发表后不久，我们收到了尖锐的提醒：不管在阿富汗的战斗多么频繁，也从来没有真正成为参战士兵的"日常生活"。给我讲了阿富汗狗故事的安德鲁，在沙漠中追逐嫌疑人时装甲车翻倒，他受了重伤，他被抛出车外，但冲击力使他的脊椎受损，一个膝盖粉碎性骨折。在我写这篇文章时，他已经能下床走动（九个月前，当我们第一次去塞利橡树医院看望他时，还根本说不准他能不能再度行走），但仍然需要很长的恢复时间。

战争中一条狗的不幸结局

2010 年 1 月 23 日

最近我讲过桑迪的故事,她被在赫尔曼德省训练阿富汗国民军的英国部队收养,她带着大肚子,被我女儿男友的队伍救出战场,虽然在那种情况下,她很自然地流产了,不过她到底幸存下来了。

随后,让大家惊讶的是,桑迪生下一只健康的小狗,而我曾希望这个故事能有一个快乐的结局。可是我刚刚听说,她被一个阿富汗士兵枪杀了——目前还不清楚原因,因为她亲切和蔼的声誉完美无瑕——她的小狗则被作为斗狗在市场上出售。

这个故事让我们认识到,我们生活在这样一个爱狗的文化中是多么幸运。但上周,剑桥大学的动物学家帕特里克·贝特森爵士教授关于名犬育种的报告却提醒我们清醒地看到,我们偶尔也会容忍对这些为我们带来无比快乐的动物的残酷对待。

在一部电视纪录片表现了关于犬类系谱育种的悲惨证据后,贝特森教授受养犬俱乐部委托调查系谱育种的影响。而我永远也不会忘记查理王骑士猎犬痉挛发作的令人痛心的画面,那都是因为它们的头骨太小，容不下它们的大脑。

帕特里克爵士的研究结果写得极其清晰，我建议所有狗主人都看一看这份报告：例如，你会从中得知，人类享受有狗陪伴的乐趣已有至少一万六千年之久。但是，帕特里克爵士是一名科学家，而不是哲学家，他为我们留下了一些令人不舒服的道德疑点。

在我们很忙的时候，那个很棒的遛狗人会替我们带酷豆散步，酷豆养成了一个习惯，当她为酷豆系上狗链的时候，酷豆就会发出一声咆哮。实际上，这咆哮只是酷豆义务性的表示，他觉得有义务对跟着主人以外的人出门这件事提出抗议。当我星期二亲眼目睹了他的这种行为后，连忙向遛狗人道歉，她却并不感到生气："他是我所知道的最温和的狗。你应该用他育种。他很漂亮。"

让酷豆育种，使他的善良传递给子孙后代，这似乎是一件好事。但是通过繁育来永存那漂亮的外表就似乎十分肤浅和错误。但在道德方面，这两者之间有区别吗？和那想让自己的查理王骑士猎犬用小头来获奖的育犬人，这又有什么区别呢？

简单的回答就是，区分为了实用的育犬和为了展示的育犬。

酷豆这个品种是为了打猎而培育的。史宾格（Springer）这个名字，不是因为这种狗像西庇太一样对生活的热情，而是因为它们能蹿入灌木丛中"惊起"鸟类，帮助人们打猎。如果你养狗是为了放牧（例如长毛牧羊犬）或玩寻回猎物（拉布拉多犬，还有酷豆，只要他不为路上有趣的气味分心），或猎取藏在洞里的野兽（腊肠犬），你就会需要它是健康的，因此培育这些品种的基因工程很可能会促进那些有利于犬类自身健康的特质。

从另一方面来说，如果你养狗只是想把它作为一个时尚配件，你鼓励的养殖做法几乎肯定会损害到狗的健康。帕特里克爵士写道："我们几乎无法相信，那种不到两公斤的能放进女士手提包里的超级小狗，会是狼的后代。"

帕特里克爵士说得很委婉，他对狗的感情也显而易见。但他话里表达的逻辑是，玩具犬和斗犬一样可憎，而且（啊！）应像斗牛一样被取缔。哦，天哪。这样复杂的情结和那个只因为自己愿意就杀死桑迪的阿富汗士兵的简单道德世界真是天壤之别啊。

为什么狗比主人遥遥领先？

2010年2月6日

没有什么比你的狗当众违抗命令更大的羞辱了。

当酷豆直接从汽车里下来进入绿地时，他对主人非常顺从：无论他跑了多远，只要我们叫他，他总是会掉头回来。但是，当他走在街上时，他总是屡教不改地和我们在狗绳两端做斗争。我还能勉强拉住他，而家里年纪较小的家庭成员则几乎要被他拉着飞奔起来。

我起初认为他这种气喘吁吁的急切是因为那片他下午常去的杂乱草地的吸引——那片草地就是城市狗的天堂，每天提供的嗅觉信息毫无疑问多变诱人。但现在我相信，这种行为来自于一种更复杂的动力：狗通过这种外出的机会测试谁有主宰权。

我正在培养酷豆的"路感"。路感是城市狗必不可少的能力。所以在回家的路上，我解开他的狗链，尝试让他练习紧跟在我身后走。结果证明，这简直是不可能。我没有一回能成功地劝他走在我后面。如果我语气越来越严厉地重复说"待在我旁边"，他就能保持走在人行道上，而且知道到了路口要停下来等待，但他始终走在我前面。他不露痕迹地加快速度,当我发现自己在小跑着跟上他时,我确信他在偷笑。在这例行的"祖母步伐"式的比赛中,我永远无法取胜。而且当我发现我的两个邻居在路边看着我们笑得浑身发抖时,我意识到,这成了当地的一个笑料。

我们认为狗属于我们,但近期关于驯养狼(现代狗的祖先)的理论认为,狗对此可能继承了不同的理解。一种假设是,在冰河时代将近结束时,狼和人类因为争夺同样的食物,所以为了生活的便利结成了联盟:狩猎团体的妇女和儿童负责饲养那些留在人类附近的动物。另一种理论是,聪明(又懒惰)的狼发现,他们只要在人类居住区周围捡拾垃圾,就可以不必打猎而养活自己。这两种理论都表现出人狼之间一定程度的平等,因为狼和人一样做出了合作的决定。

著名的考古动物学家朱丽叶·克拉顿-布罗克,认为冰河晚期人类与各种动物结成了联盟,因为狼与人的社会结构类似,所以人狼之间的联盟保留了下来。她写道:"与人类社会一样,狼社会结构的基础就是不断意识到自己的地位并相互尊重的分属主导和从属层次的个体。"其他似乎和狼类似的动物都没有发展成狗,是因为它们的社会结构不同。

因此,在非洲猎犬中,"社会行为更依赖于相互回流的食物,而面部表情沟通则不那么重要……所以,如果一个人不打算把猎狗吐出的食物吃进自己的嘴里,他与狗沟通的能力就是有限的。"总的来说,我认为我们应该感谢这些无疑很迷人的动物选择了进化的道路，而没有成为锅里的食物。

  我相信，酷豆在人行道上拉着我走时，这些历史都在他大脑里翻腾着，形成返祖效果。为什么他一贯的顺从会在每天这特定的时刻变成主导性，到现在我也还不明白。但在我的研究过程中，我看到一条格言提醒我，狗性的某些方面会始终不为我们所理解："从表面看，狗就像是一本书，是人类最好的朋友；从内心看，狗却黑暗得无法阅读。"这是美国著名演员格劳乔·马克斯说的。

去滑雪度假吗？一定要带上你的狗

2010 年 2 月 19 日

狗对雪的化学性质有什么认识？

提出这个问题的是一个狗主人，那条狗是酷豆在克莱帕姆的一个聪明朋友，一只活泼的小史宾格犬，叫"跳跳虎"。当时我正和他的女主人讨论一年一度的滑雪假期，她形容跳跳虎捡雪球的样子，雪球消失在雪地里的情形一定让这种天生捡拾死野鸡等固体物体的狗深感困惑，而跳跳虎是那么尽职尽责，结果他在雪地里深深挖了一个大洞之后才认输。

但他的主人告诉我，他非常喜欢滑雪假期，喜欢追着主人的电梯爬上雪坡，再跟着主人冲下来。我的同伴也承认，只要你有自己的小屋，带狗去滑雪还是很容易的。

每到这个季节，那些富有的狗主人想到去南方享受阿尔卑斯山的阳光时，就会为安顿狗的问题深感烦恼。多数时间里，酷豆的朋友们都享受着快乐的平等：公园和绿地是向所有人开放的。但是，当主人离开时，狗们的生活方式就显得差异甚巨：穷狗和富狗之间的巨大鸿沟就在这里显现出来。

著名的历史学家琳德拉·德·莉赛尔告诉我,她像安排自己的孩子一样认真地对待狗的住宿问题。她为菲茨(一只大拉布拉多犬)预订当地农场的住宿时,接受了房主舍监式的询问。她说:"当他们提出那些问题时,我发现自己做出的回答,如果放在其他人身上,是一定会遭到我鄙视的。"当被问及菲茨是否喜欢吠叫或呜咽时,她回答说:"不,但他很爱说话。他非常聪明和善于沟通。"——意思是,他确实会吠叫和呜咽,只是音调高低错落有致。那精明的狗旅馆老板把菲茨归还给她的时候告诉她,他的表现无可挑剔,她说:"我的儿子们都从来没得到过这么高的评价——我简直骄傲死了。"

在美国,狗旅店真的和人类的酒店一模一样。在一次晚宴上,我的妻子坐在一个美国女商人旁边,她详细描述了她的雪纳瑞("我的孩子")在美国享受到的那些设施。在那雪纳瑞住的狗酒店里,每间客房都配备了床、迷你沙发、电视机和各种影片DVD以供选择。酷豆经常无意中看电视,那是因为坐到电视遥控器上了。但我不认为他真的喜欢看电视,不知为什么,他似乎总是选中购物频道。我不禁想,那雪纳瑞的酒店里是不是也提供"成年狗"频道——现在似乎所有酒店都认为应该为客人提供这项服务。

狗托管这个行业激烈竞争高端业务。我认识的一位前BBC经理订购了每日电子邮件,时刻提供她的拉布拉多犬的近况更新:"福吉今天好好散了个步。我让他在外面待的时间长一点儿,因为他玩得非常高兴。他真的越来越健美,通常我们到绿地之后,他只是躺在草丛里,但他现在会参加其他狗的游戏,很爱四处探索……"日复一日写出这样的东西需要真正的文学才能,但这是个很好的经营理念:当你在高雪维尔滑雪道畅享滑雪乐趣而对把福吉留在家里感到内疚时,这正是能让你在黑莓手机上看到而消除愧疚感的东西。

但在经济阶梯的另一端的狗是什么状况?从滑铁卢车站旁的一个地下通道走过时,我看到一个流浪汉与他的阿尔萨斯牧羊犬睡在一起。那男子看起来悲惨、病兮兮、衣衫褴褛,可那条狗蜷缩在他身边,油光水滑,心满意足。狗不会欣赏时髦酒店房间里的DVD——他们只要和我们在一起就很高兴了。

所以,如果你有钱,那就花钱弄间小屋,带上你的狗一起去滑雪吧。

5
为狗辩护

一天早晨，我醒过来，发现我的妻子正在用最吓人的表情看着我——很吓人，事实上，也是受到惊吓的：那几乎就像她发现一个陌生人躺在身边。我试探性地问："你睡得好吗？"

她回答道："说实话，不好。你一直说梦话……嗯，不太算是梦话。你一直在咆哮……还汪汪叫。"

我一直对专业新闻报道非常重视。当我被任命为第四频道新闻节目驻华盛顿通讯记者时，我直奔出门，买了一书架关于美国外交政策和宪法理论的书。当我为BBC搬到巴黎时，我尽职尽责地研究了当时的总统密特朗的传记。当我接受了英国独立电视新闻公司的外交工作后，我进行了塔列朗的深层背景调查。而成为狗专家也和任何其他学科一样令人入迷：我现在有几十本类似《如果狗会说话：探索犬类头脑》这样的严肃科学书籍，还有很多标题里有"狗"的小说：我最近买了亚历山大·麦克考尔·史密斯的《极寒之地来的狗》和凯特·阿特金森的《起步早，带着狗》，立即就把它们摆进了我们的书架。

如果这令人不安的梦中犬语有什么意义的话，那就是说明，我可以像曾经对美国参议院阻挠议事事件或加入欧共体重要性那样，对狗也一样沉迷其中、苦心钻研。

狗看待我的方法催我检视自己的良心，出于诚实，我不得不承认成为某方面专家的部分乐趣就在于知道的比其他人多——并且借此炫耀。当你的职业责任要求你定期炫耀自己的专长，如果能乐在其中，就能工作得更加轻松。多数专业新闻报道都是枯燥乏味的——就像集邮或重组老爷车。我把狗图书放在最枯燥的地方——我的花园小屋，这很可能并不是偶然。我也在那里完成了多数狗专栏的写作。

但当你试图了解所关注领域的所有书面文献时，你一定会发现一些奇怪的书或文章，值得更多人注意。下一篇专栏就是基于这样一本书。

狗能感觉到你对它的怒气

2010 年 3 月 20 日

英国广播公司为我提供了一套设备，让我在家中的地下室里就能进行录音室品质的广播。对于非正常时段的节目来说，这设备真是价值无穷，因为我真的不愿意在那种万籁俱寂的时刻，大老远跑到工作室去。上星期五，我半夜被拽起来做"问答节目"，早晨，我到楼下去听七点半新闻摘要之前的定期现场跟踪。

酷豆正在厨房里，高兴地用爪子扑向我的继女，希望能挠挠痒。我看到，当我的声音从收音机里传出时，他一下子跳起来，鼻子颤抖着，很显然对我无形的声音很不适应。

但是他过去也经常听我的广播，现在为什么会这样呢？我猜如果我不在家，他就会调整这个关系，不会注意电台里的声音是我的。而这一次，他知道我还在家里，所以反应不一样。但我对这种猜想并不肯定。

一位美国动物行为学家，亚历山德拉·霍罗威茨，出版了一本书，以帮助我们这些因为无法理解犬类头脑而感到沮丧的人。

《狗的内心：狗看到、闻到和知道的》这本书是基于 20 世纪早期的德国生物学家雅各布·冯·尤科斯库尔的理论：要了解动物的思维方式，我们必须结合实证科学实验和对它们"自我世界"的富有想象力的理解。

霍罗威茨博士愿意付出努力并认为自己能进入犬类的自我世界。她建议"在狗的高度过一个下午"，你就会看到"一个满是长裙和裤腿的世界，跟着穿着者的脚步晃来晃去"，你周围的环境也会"更加有味，因为气味会在地面上积聚、飘荡"。我怀疑她会很不赞同那些正在为下周的"狗选美比赛"而给狗狗洗澡美容的狗主人。她认为，当我们给狗洗澡时，我们剥夺了他们身份的一个重要组成部分："最清淡的浴液香味也是对狗的嗅觉侮辱。"

我第一次见到霍罗威茨博士是在去年，当时她做了一个实验，测试狗是否真的可以区分好行为和坏行为，而我就此采访了她。在实验中，她让狗单独待在一个房间里，里面放着狗主人明确禁止他们吃的美味。有些狗吃了东西，研究人员告诉了狗主人，那些狗遭到了主人的斥责。在另一些情况下，研究人员把那食物拿走了，狗吃不到，但他们仍然告诉狗主人说狗不听话，吃了东西，结果狗主人也批评了自己的宠物。

那么狗有什么表现呢？那些根本没机会吃到食物的无辜的狗也可能和那些吃了食物的狗一样好像犯了错，眼睛低垂，步态拖沓，尾巴摇摆无力。换句话说，狗只是对主人的态度做出反应，他们那负罪的表情根本和他们实际的行为没关系。

酷豆非常善于眼神的交流,当他深情地凝视我们中的某个人时,我们感觉他是想说些什么。研读霍罗威茨博士的书后,我相信事实上他是在"阅读"我们,猜想我们期待他如何表现,并对此加以利用。我怀疑他听到我的电台广播的反应,是因为他对那行为无法理解,所以感到吃惊。如果霍罗威茨博士的观点是正确的,那么,狗就是真的非常了解我们。她很有说服力地描写犬类通过嗅觉收集的信息:他们可以通过嗅觉判断你是否害怕,是否有癌症,以及"你是否有过性行为,是否抽了一支烟(或连续做了这些事),是否刚吃了零食,或跑了一英里"。虽然这有些令人不安,但它的确是一本好书。

我再承认一件事吧:我很享受愤怒的感觉。

这是一个新近发现的乐趣,因为在我大部分的职业生涯中,为了表现出广播主持人应有的客观和公正,我必须严格控制自己的情绪。多数事件都会有不同方面的观点,我已经那么习惯同时报告各方观点,有时候我都担心自己可能会失去坚持自己观点的能力。

但是酷豆告诉我,其实我在关于狗的问题上有着很强烈的个人观点,并且我怀疑自己和多数狗主人一样,当面对现代生活对狗自由的各种繁琐限制时,我的愤怒会定期发作。为什么当你那极其干净的宠物跳到车后,安安静静坐在地上时,出租车司机会用那种恐怖的眼神看你呢？为什么邮局，虽然不卖食物，又让顾客长时间排队等待，还要禁止狗进入呢？那被拴在邮局外面的狗很有理由认为自己被主人抛弃了。为什么当你拉着你那非常友善的猎犬走在路边时，会有人脸上带着那种可笑的恐惧表情，贴在栏杆或商店门前躲避你们呢？

很简单，这纯粹就是对狗的歧视。

当心：全国蔓延狗歧视

2010 年 3 月 20 日

作为一条城市狗，酷豆已经培养了在公共场所遇到其他人和动物时相当不错的风度：他在公园或绿地遇到同类时，会礼貌地嗅一嗅，但从不会不经邀请就接近人类。当然，他小时候曾有一两次把别人的裤脚当电线杆，但他现在已经完全克服了。

上周末，我妻子带酷豆出去散步，他蹦蹦跳跳地跑在前面——鼻子向下，不懈搜索着下一个未知气味——结果在克莱帕姆绿地，他跑到了距离两个孩子不足几码的地方。那两个孩子的父亲觉得酷豆太接近了，于是开始大声斥骂，并试图用力踢他。之前，我写到过有些文化不像我们这样喜欢狗，而这名男子很显然就来自那样的文化。他穿过绿地来到我妻子面前，警告地摇着一根手指，斥责"你们这些养杀手狗的英国人"，他大声喊道，这些狗都应该被处死。

我认为这都是政客的错。那些不明智地指责"杀手狗"的人激起了一股可鄙的情绪，使狗歧视席卷全国。连我们本地的市镇报纸《兰贝斯生活报》都跟风在这周的头版头条登出了"约束狗的新政"，配有一张可怕的照片——一只恶狗被拴在两根钢柱之间。

用狗当替罪羊会导致丑恶的做法。我们都知道罗马人每年钉死一只狗的习俗：他们认为公元前390年罗马城受到高卢人的攻击，是因为城里的狗未能及时发出警报。而鲜为人知的是，从中世纪直到上个世纪初，都延续着对狗和其他动物公开审判的做法。

有一部影响深远的著作《对动物的刑事起诉和处罚》，其中还介绍了许多涉及其他物种的更奇特的案件。1452年，蚱蜢在伦巴第大区受到审判，1487年，蜗牛在梅肯受审，1587年，圣朱利安葡萄种植者提起了一场对象鼻虫的旷日持久的审讯。根据记录，直到1771年，奇切斯特附近还有一只叫波特的狗受到公开审判。1906年，在瑞士，一只狗与两名犯抢劫和谋杀罪的男子（他的主人和主人的儿子）一起受审，结果男子保住了性命，可是狗却被作为主犯处死。

法律不太清楚狗的属性。正式来说，它们被视为"与其他个人动产类似"，当然，这就使得对狗的审判毫无意义。但因为我们往往把狗也看成人，这就使得律师忍不住像对待人类一样对待它们。

上周，我和几个顶级家庭律师谈到一篇报纸上的报道，说是有些夫妇正在拟定"婚前犬协议"，以避免在离婚时对狗的归属争夺不休。我不能证明这事情是否真实，但一位皇室首席法律顾问若有所思地说："我经常在想，这样的争议是应该通过纯粹的物权法解决，还是有可能遵循'儿童保护法'的原则——那样最重要的首要因素就是孩子（或狗？）的最佳利益？"

这话题可能有些危险。法院通常认为把监护权判给母亲更符合孩子的最佳利益，那么在考虑狗监护权时，他们是否会更倾向于男主人？有一次，我骑着自行车经过肉店时，一个常读我专栏的读者拦住我，告诉我他的狗和我写的酷豆有很多相似之处。他声情并茂——并且相当详细——地讲述了他们一起散步的乐趣，然后他开始满脸悲伤地说："哦，那都是我离婚以前的事儿了。我的前妻把他带走了……"那可怜的家伙显然觉得失去他的狗比婚姻解体更让他难过，这让我不由感到（当然，我不知道他妻子的说法），他应该是一个非常好的狗主人。

简单直接的"狗是财产"的看法至少能保证狗主人对狗的行为负责。我一直认为判断哪些狗属于杀人品种这个做法有问题：我认为，通过训练，你几乎可以把任何狗变成杀手；而即使是最可怕的品种也可以被培养得举止得体。

我这个理论的问题在于：它被酷豆推翻了。我发现，绝对没有任何事能让他发起进攻：遇到麻烦时，他唯一的反应就是仰面朝天，向你露出他的肚子和睾丸。

一只狗的命运使国民反目

2010 年 4 月 3 日

巴特西公园正经历地膜覆盖、修剪草坪和种植花木的春日热潮。切尔西的漂亮妈妈们相互招呼着去咖啡馆欢聚，而酷豆则受到了一个园丁不雅的求婚：那男子礼貌地解释说，他的史宾格母狗在最后一刻被一个追求者拒绝了，酷豆愿不愿意替个下午班呢？他提出可以给我们"一百英镑或挑一只小狗"。这似乎对于酷豆为人之父的责任来说有点儿太过随意，于是我代表他拒绝了。

我们到公园里河边比较安静的步道去躲清静，在那里，我看到了黄狗纪念像。那是一尊和真狗一样大小的铜像，是一只意味深长地歪着头、警惕地立起耳朵的猎犬。这塑像看起来很感性，但那上面的题词则令人震惊："纪念 1903 年 2 月死于大学实验室的黄猎犬，它经历了超过两个月的活体解剖，辗转于不同解剖者之手，直到死亡使他解脱……英格兰的男人和女人们，这些事还要存在多久？"

黄狗事件是当时最重大的一个政治争议事件。

公开活体解剖虽然可能看起来很不同寻常，但实际上在维多利亚后期和爱德华时代的英国十分常见，只是也备受争议。1902年，一只被称为黄狗的杂种狗被大学教授欧内斯特·斯塔林（一位卓越的科学家）当着一群医科学生的面开膛破肚。那只狗又活了两个月，然后斯塔林再次把他剖开，观察了之前手术的情况，又把他转给了另外两名科学家。他们对这只狗施行了半小时电击，然后他才死去。

两名瑞典动物权利活动家混进了教授的课堂，他们随后发表了一份令人悲愤的报告，声称那只狗未被麻醉，并表现出"强烈的痛苦迹象"。这份报告的精华部分是："那教授，活体解剖的牧师，卷起血淋淋的法衣袖子，现在却舒适地吸着烟斗，同时，还用那染血的双手安排了随后的电击。他时不时地开个玩笑，周围围观的人则开怀大笑。"

被抨击的一位科学家对他们提起了起诉并且胜诉。作为回应，世界反活体解剖联盟公开认购了一尊雕像，以纪念这只在科学的名义下被"处死"的狗。当时不是现在巴特西公园里这尊可爱的塑像，而是一尊巨大的花岗岩和青铜纪念碑，高达七英尺六英寸，它竖立在拉齐米尔村，彼时巴特西议会刚刚为穷人建立住房项目。

那时候，巴特西绝不是那些切尔西漂亮妈妈出没的地方：这里满是贫民窟，成为激进主义的温床。但是，大学的医科学生派出了用棍棒武装的突击队，到河这边来摧毁那尊雕像。他们一再被巴特西的工人击退。黄狗事件促成了一个非凡的联盟——女权主义者、新芬党积极分子、工会积极分子和激进自由主义者。保卫雕像大体上成为激进主义事业的标志，而"反狗者"则以在特拉法加广场的骚乱作为回应——一次，骑警和一千多名学生展开了斗争。

最终，1910年3月，巴特西议会让步了：在120名警察的保护下，那雕像在黎明前被悄然撤走。现在公园里的新铜像是由雕塑家尼古拉·希克斯在1985年创作的。

当我徘徊在这雕像前沉思那段几乎被人遗忘的重要历史时，酷豆变得不耐烦了。他几乎不屑对那铜像嗅上一嗅，甚至懒得往那基座上撒尿。

在黄狗骚乱的那个时期，年轻的犹太炮兵军官、传奇上尉阿尔弗莱德·德雷福斯被误判为叛国罪，去魔鬼岛服苦役，法国社会由此产生分裂。德雷福斯事件提出令人痛心的关于法国人和犹太人身份的问题，激起了犹太复国主义，从而最终导致以色列的建国。在海峡那边的法国发生所有这一切的时候，我们英国人却在为一条狗而纷争不休，这体现了这个国家的某些特质。黄狗事件为我们打开一扇看待爱德华时代英国的有趣窗口，它成为上个世纪初那些年各种政治和社会纷争的焦点体现。

事件中涉及的人物本身就非同小可。对黄狗进行活体解剖的大学教授欧内斯特·斯塔林，就是激素的发现者——而这主要是通过活体解剖实验。在那桩最终导致黄狗雕像树立的诽谤案中，亲狗律师斯蒂芬·柯勒律治对虐犬行为的抨击让我因狗而发的愤怒相形之下显得平淡无味，他是前首席大法官柯勒律治的儿子，也是诗人柯勒律治的曾侄孙，他后来帮助建立了全英防止虐待儿童协会。萧伯纳出席了雕像揭幕仪式，倡议保护雕像的巴特西议员约翰·阿彻则是英国第一位民选的非洲裔官员。

那些担心现代学生行为方式的人应该看看那时候人们认为正常的学生抗议活动是什么样：黄狗暴动是不折不扣的暴动，不是过分的和平示威。学生们戴着狗面具（一个参加活动的剑桥本科生因为"像狗一样吠叫"而被捕），并高呼这段"顺狗溜"（原谅我忍不住使用这个双关语）：

我们走在黑暗后
拉奇米尔公园转过去
我们看见吓一跳
一条小黄狗地上躺
哈哈哈，嘿嘿嘿
我们都恨小黄狗

1907年12月10日，骚乱达到了高潮，学生和警察对打了几个小时。当学生们最终被从街上赶走时，一位当地医生对报纸记者说，学生没能坚持更长时间说明那一代青年人的"彻底退化"——这表明了解活体解剖的医生阶层也支持学生的运动。

更古怪的是,黄狗运动竟然与当时的女权运动相互呼应。已故女演员和学者克莱尔·兰斯伯瑞就此次运动及其背后的文化力量写了一篇内容丰富的文章,她认为:"妇女是反活体解剖的最狂热的支持者,不仅仅是出于人道的理由,还因为被活体解剖的动物也象征着被解剖的女人:绑在妇科医生手术台上的女人,那一时期色情小说中被捆绑的女人。"她的这一主题在书中渐渐明确,她写道:"女人的普选权利与反活体解剖没有什么共同之处,但两者莫名地偶然交织在一起:被解剖的狗的形象渐渐模糊,并成为一个在布里克斯顿监狱被强行喂食的激进参政妇女形象。"

克莱尔·兰斯伯瑞承认(或者有些自夸地说),很多人会对她的书"产生疑惑和不安"。我从来不很确定引用20世纪后期的激进学术语言是否有意义,但那时的许多女权主义者的确是狗权支持者。反对妇女选举权的人认为这两种抗议运动之间确有联系,因此通过学狗叫来扰乱妇女参政会议。

同样引人注目的是,黄狗事件是少有的能团结我们大致称作20世纪初"左翼力量"的事件之一,巴特西工人阶级区域的社会主义文化是非常以男性为主的,其领导人对住在河对岸的聪明的切尔西中产阶级妇女并没有特别的好感(西尔维亚·潘克赫斯特在巴特西桥头的切尼道上挂着一块蓝色牌匾)。但这两类人都被黄狗的故事所感动,都在医学界的欺凌者身上看到自己的敌人,因为看起来这些医生代表了所有富有男性的最差特质。一位现代作家认为,黄狗的杂种性质反映了他所促成的政治联盟的性质。

当然，我们对那只黄狗本身并不了解，他是一个普遍的符号、一只抽象意义上的狗，而不是你能想象推开家门时摇着尾巴欢迎你的动物。不仅如此，在这只狗引出的大量文献中，还趋向于赋予他能反映各种政治意图的特质。例如，一位激进作家批评现代这尊启发了我专栏文章的雕像，其理由就是它太"可爱"和"传统"，而不如原来的那尊富有挑衅性。

还有一条狗也得到了公共雕像的纪念待遇——忠狗鲍比，虽然我认为黄狗的故事比鲍比更丰富有趣，但我们对鲍比的性格更加了解，而且在我看来，他似乎颇有些疯狂。

鲍比的故事众所周知。这只斯凯猎犬的主人叫约翰·格雷，是爱丁堡警察局的一名警员和守夜人。仅仅养了鲍比两年之后，格雷在1858年死于肺结核，被葬于格雷菲亚斯墓地。在此后的14年里，鲍比一直看守着主人的坟墓，直到1872年死去。1867年，鲍比险些被当作野狗打死，但爱丁堡的市长个人出钱为他办了狗证，还给了他一个项圈。鲍比死后，安吉拉·伯德特·科尔茨，一位富有的维多利亚时期慈善家，在得知黄狗和忠狗鲍比的故事后，与律师斯蒂芬·柯勒律治共同创立了全英防止虐待儿童协会，委托制作了一尊雕像，立在乔治四世桥头，来纪念鲍比。

我觉得鲍比的故事令人震惊难过。在狗的忠诚和偏执狂之间只有一条非常狭窄的分界线，而鲍比肯定已经越了线。我见到过一两只热爱捡网球到了偏执狂程度的拉布拉多犬：他们几乎对捡球之外的任何事情都毫无兴趣，并且只要你愿意扔球，他们就会永不停歇地把球送到你手边。鲍比对主人坟墓的坚守也是同样由于不健康地缩小了生活的重心。

但当然，鲍比已经被广泛称赞为忠诚的楷模，他的事迹激发了很多书籍和电影。其中最有名的是爱莲娜·阿特金森的感伤小说《忠狗鲍比》，首次出版于1912年，1961年被转拍为迪士尼电影。阿特金森女士出生在美国中西部，从未去过爱丁堡，但这并没有妨碍她充分发挥想象力，并呈现明显的"苏格兰风情"：鲍比的主人约翰·格雷在小说中成为"奥尔德·乔克"，而阿特金森对当地方言的一些使用完全令人费解。例如，墓地看守布朗在解释他为什么喜欢鲍比到病床前来看他时说："每天清早儿他求来一根棍，觉得是给病人的礼儿。然后他一天儿来两回，打个招呼，伸伸舌头儿摇摇尾儿，瞅着真可乐呵。鲍比瞧人儿在屋子比人儿懂得多，脸儿又拉长，让我记到我该咋办。"不明白？我也不明白。但是，这本书却被认为是经典之作。

当然，真正引人注目的不是鲍比，而是他的支持者。现在他们树立起一个红色的花岗岩墓碑来纪念他，还在那儿放上棍子让他追逐。

6
疯狗、英雄狗以及你的健康

我希望狗没有被快乐冲昏头脑

2010 年 4 月 17 日

当我们在苏格兰度周末的时候,酷豆在寄宿学校有神奇表现。他最好的朋友,活泼的贵宾犬泰迪,也在那里。我知道酷豆在那里过得很自在,因为校长告诉我,他试图爬上她的床。

但他回家时的表现让我们觉得他是刚从水深火热的地狱逃出来。他激动地呜咽着,把能找到的玩具都找出来,当作祭品四处供奉。他在花园里以凯旋的姿态跑了一圈又一圈,从房子最高处以百米冲刺的速度冲到地下室楼梯的底部,还把家里的猫舔得浑身直滴口水。天哪,他只离开了三天啊!

这个周末充满深刻的思考。我们的主人是一位艺术史学家,正在研究英语形成的确切历史,还有一位客人正在编辑《远东》杂志的增刊。我妻子专注于她那重量级的电视纪录片。可是所有这些对一个狗专栏作家来说都太深刻了,所以我全身心地投入到一个我觉得有点儿知识优势的话题中:为什么狗——特别是黑狗——总是与忧郁联系在一起?

丘吉尔让"黑狗"这个词的引申义广为人知,他的私人秘书约翰·科尔维尔追溯到他的幼儿园时期。据他说，这位伟人的医生有时会在早餐后来访，而"丘吉尔如果不太高兴在那个时候见到客人，就会用这句话来解释自己清晨的郁郁寡欢：'我今天背上一只黑狗了。'实际上那是传统的英国保姆常用的一种说法"。

人们已经投入很多学术力量来搜索这个词的起源，大多数理论都追溯到约翰逊博士，他使用这个词的情况和丘吉尔差不多。他写道："我起床之后孤单地吃早餐，黑狗也醒来分享这份孤单，从早餐到晚餐，他不停地叫着……"

但所有这些词源研究都忽略了一个重点。像酷豆那样天性善良的狗只会激发快乐，而不会造成痛苦，往往是他帮助我摆脱低落的情绪，而不是使我情绪低落。那么为什么人们会把狗和忧郁联系在一起呢？

不错，狗没有发达的幽默感。我一直在读一本书，说的是19世纪80年代和90年代人们看到的狗故事。其中有大量关于狗能找到家的轶事。有一个故事我不太相信，说的是一只狗从"加拿大腹地"辗转回到英国格洛斯特附近的一个农场；还有一个很好的故事，说的是一只常去教堂的狗，觉得牧师布道的时间太长了，于是叼起捐款盘，让他闭嘴。但能证明"狗幽默感"的故事少之又少。一个读者来信讲到一只狗看到一个跛得很严重的人下楼，"当那人快走到楼梯底部时，那只狗就开始跟着他，用三条腿幽默地模仿这可怜的朋友……"嗯。

但是，狗虽然并不风趣幽默，可这也并不意味着他们会使你忧郁绝望。

我们这个学术周末的主人提供了解决这个难题的线索，他让我去看一本由三个德国学者在20世纪30年代所写的叫作《土星与忧郁》的书。为了解释为什么人们会把狗与忧郁联系起来，他们引述了16世纪早期的德国翻译的一本5世纪的古希腊著作（别被吓到啊），这本关于埃及象形文字的著作中说，"狗比其他的野兽更有天赋、更敏感，他们天性非常严肃，也容易成为疯狂的牺牲品；他们像深刻的思想家一样，总是在搜索、查询真相……"还有一本17世纪的英语作品《剖析忧郁》也说道："在所有动物之中，狗最易受到忧郁的感染，我能说出许多因为失去主人而日渐憔悴、最终死于悲痛的狗的故事……"

所以，并不是狗使我们沮丧，而是因为他们自己容易忧郁沮丧，从而引起了人们的联想。由此我产生了一个可怕的想法：也许当我离开时，酷豆那仿佛忧郁母鹿一样的眼神并不是表演，也许，当我们度过周末后重新团聚时，他表现出的荒诞哑剧真的代表了他的解脱之感。可能当我们离开他时，他会像一个"深刻的思想家"那样，受到黑暗的存在不确定性的折磨？

我的妻子最近带酷豆去看望她的姐姐，把他留在姐姐家里，而她们姐妹两个人出去了几个小时。当她回来时，他跳进汽车，无论怎么劝诱都不肯出来——甚至追逐狐狸的机会都没能让他动心。如果我让自己觉得，每次他独处的时候都真的会怀疑我们是否永远不回来了，我可能会完全不再外出了。

后来的事情证明，这篇专栏文章充满了预见性：文章登出几个月后，英国布里斯托尔大学的研究小组发表了一篇论文，提出有些狗确实在主人每次离开家的时候都认为自己被永远抛弃了。事实上，相当多的狗显然都有这种想法，那就是为什么有这么多狗主人回家时发现散落满地的家具碎片。领导研究团队的大学动物福利部门的迈克·孟德尔教授说："在英国，大约有一半的狗可能在与主人分开时，在某些时候表现出分离造成的焦虑行为，包括吠叫和破坏周围的物品。"

研究人员训练一组24只搜救犬，让他们知道当一只碗放在一个位置时，里面就有食品，而当它被放在另一个位置时，就是空的。然后，他们把那碗放到一个介于"正面"和"负面"区域之间的位置。"那些很快跑向那含糊的位置，仿佛期待着积极的食物奖励"的狗被归为乐观型，而那些没有跑过去的狗则被归为悲观型——这类狗最容易表现出极端的分离焦虑。

我担心这种实验会影响被试犬的心理平衡。对狗来说最重要的是，狗需要能够相信自己的主人——哈代的诗歌里就有一个打破这种信任的可怕的例子！（见2010年5月15日日记）。在布里斯托尔的实验犬必须学会接受人类管理者安排的似乎有点儿异常的喂食程序，然后又发现这程序以显然反复无常的方式被打破。这肯定是足以让任何狗——特别是那些从领养中心来的狗——对生命的意义产生疑惑。

老天慈悲，酷豆从来没有乱咬东西的习惯：如果我们出去的时候没关卧室的门，他就会把衣服收集成一小堆，堆到床中央，睡在上面，但他从来没有为了报复我们而破坏家具。

然而，酷豆对行李箱的痴迷已经接近病态。当我和妻子正准备外出共度一个难得的周末时，他对我们收拾行李箱的反应是如此极端，以至于我们在去机场的一路上都感到内疚。他哭了——我的意思是真的哭了，脸颊都被泪水打湿了。然后他爬进行李箱不肯出来，直到我们语气严厉地命令他，他才作罢。

但我认为这令人欣慰的迹象恰能证明他的智慧，以及他区分离别可能持续多长时间的能力。如果他知道装好的手提箱意味着某位家庭成员会出门几天，他大概也知道，看见我骑上自行车绝尘而去并不是什么大事。

我也怀疑酷豆对手提箱的理解和我女儿离家去住在她自己的公寓有关。她住在几条街以外，经常回来看他，但那曾经是爱莲娜的卧室总是紧闭大门，这提醒酷豆认识到所有的狗都必须在某些阶段面对的可怕事实：人们有时必须离开。酷豆和遛狗人一起度长周末的时候，爱莲娜带他到苏塞克斯海岸去玩了一天，据遛狗人说，爱莲娜把他送回来之后，他趴在门口呜咽了几小时。

我找到的最极端的分离焦虑的例子是，德国动物学家和动物行为学者康拉德·洛伦茨和他的阿尔萨斯和松狮串种狗的故事——它是如此极端，以至于如果不是因为他诺贝尔获奖科学家的杰出声誉，我会怀疑他是在编故事。

斯塔西1940年出生在他的房子里（这显然是德意志民主共和国建立前，所以我认为她的名字和臭名昭著的东德秘密警察之间并无联系），并很快接受了训练。洛伦茨在著作《人狗相遇》中写道："她以惊人的速度学会了犬类教育的基础知识，戴上狗链紧跟在主人脚边，'躺下'。她或多或少自发地保持房子清洁，并不惊扰家禽……"

当年9月，洛伦茨不得不离家到科尼斯堡大学任教，在圣诞节回国时，他得到所有狗主人都很享受的狗的疯狂欢迎。但是，当他再次准备离开时，情况变得令人沮丧绝望："当行李收拾好，我的离去已经迫在眉睫，斯塔西的痛苦发展到了绝望的地步，几乎变成了神经官能症。她不吃东西，呼吸异常，吸气很浅并穿插着深深的叹气。"斯塔西跟着他到了车站，在火车启动时，她最后绝望一搏，企图留在她主人的身边："她突然向前猛冲，跟着火车跑，一下跳上火车，我本来站在车厢门口防止她跳上来，前边有三节车厢呢。"最后洛伦茨抓住了她的颈背，把她放下去。

斯塔西回家了，但是性格发生了深刻的变化。她开始杀鸡，把房子弄脏，变得不听话和好斗，还犯下了一系列罪行，包括"在兔舍里偷兔子，弄得满地鲜血；最后咬破了邮递员的裤子"。最终，人们不得不把她从房子赶出去，锁在后院。

洛伦茨描述的当他暑假结束回家时的那一幕，真是绝妙的精彩演出。起初斯塔西没有认出他，当他走近她被拴住的地方，她开始向他的方向疯狂地猛挣。然后，她在风中闻出了他的气味：

> 我永远不会忘记那一幕。在那一阵激烈喧闹之中，她突然停下，僵硬成一尊塑像。她的鬃毛耸起，尾巴低垂，她的耳朵平躺，但她的鼻孔大大张开，贪婪地吸着风中飘散的主人的信息。现在最初的激动渐渐消退，她浑身一哆嗦，竖起了耳朵。我本来期待她会狂喜地直冲进我怀里，但她没有。那精神上的折磨如此严重地改变了狗的整个性格，让这曾经无比驯服的动物在那几个月忘记所有的礼节、命令和规定，这改变也无法在顷刻之间烟消云散。她后腿弯曲，鼻子朝天仰起，喉咙里发出一些声音，然后，她发出了令人毛骨悚然又相当动听的狼嚎声，发泄这几个月的精神折磨。她嚎了很长时间，也许有半分钟，然后，以迅雷不及掩耳之势扑到我身上。我完全被笼罩在她那欣喜若狂的欢乐旋风中……

要我说，这才真正称得上是在"写狗"！在文章的结尾，人与狗快乐地在多瑙河里享受夏日共同游泳的时光。

布里斯托尔的实验引得一位《卫报》的作者提出，一些狗感觉"被追捕"（嘁嘁），因为被这份报纸称为"蔑视性的以狗喻人的语言"，也就是类似"卷角的"（dog-eared）、"累得像死狗一样"和"病狗"这样的表达。这位领衔作家显然不是一个爱狗的人：对我来说，所有这些表达的负面内涵都因为有"狗"的参与而得以减轻。当我们说一本书卷了角（dog-eared）时，不仅是说它破烂邋遢，而且说明它经过长时间满怀感情的摩挲，就像一只年老的家庭宠物尽职尽责地多年和孩子们打打闹闹。而"累得像死狗一样"则让我想起酷豆在郊外畅游之后的样子：如果他真的玩得筋疲力尽，他可以在几秒钟之内就从异常活跃的绿篱嗅探模式进入一无所知的炉边甜睡——这正是我非常享受的一天滑雪之后完全累垮的身体状况，和那种工作过度的紧张困扰的劳累截然不同。还有，虽然我显然不愿病得像"病狗"一样，这个词并不用来描述非常严重的病情——例如癌症：对我来说，这个词意味着圣诞午餐过度放纵，多吃了一块圣诞布丁、多喝一杯葡萄酒造成的不适，而不是需要拄拐杖走路的那种不适，当然这可能会使你"累得像死狗一样"。

狗可以既勇敢又肆无忌惮

2010 年 5 月 1 日

一天，在我即将开始第四台的周日广播节目时，广播助理（职责是确保每个人在正确的工作时间按时出现）告诉我，那天早晨，她被一个噩梦吓醒了。她梦见我决定乘电车来上班（这节目是从曼彻斯特播出，所以这不完全是幻想），结果迟到了，没赶上节目的播出。

做直播节目的人都会有大同小异的梦。当我主持午间电视新闻节目时，我对在最后一刻被困在厕所里的担忧甚于害怕忘词。20 世纪 80 年代我在华盛顿做通讯记者时，曾反复做过一个噩梦：在认真讨论罗纳德·里根关于军事武装的最新倡议时，我忍不住冲动，想要脱下自己的裤子。但是，这是第一次有人在梦里为我感到焦虑，这肯定是因为那广播助理超强的工作责任感。

但是，呀，在做完节目之后回家的火车上，我真的听到一个 BBC 播音员错过节目时间的故事——而且是因为一只狗。

当时我正在读一篇 1948 年的关于第二次世界大战中狗的作用的文章。其中在描述狗守卫薄弱区域的工作价值时，我读到下面这个说明狗工作效率的例子：

> 另一件值得记录的事情是：一只薄弱区域的护卫犬和主人在一个广播站周边巡逻。那是一个非常闷热的晚上，一个播音员在播音中间休息几分钟，来到外面呼吸夜晚的空气，放松一下。然而，那狗闻到了他的气味，主人把狗放开后，突然听到一声尖叫。他走上前去……他发现那播音员爬到一个电缆塔中间，那狗则虎视眈眈地坐在下面。BBC在随后的道歉中称这次事故是"技术故障"。

酷豆和我参观海德公园中央区里的"战争中的动物"纪念碑时，我对军犬产生了兴趣——我们在春日阳光的诱惑下保持了每天到海德公园散步的习惯，然而直到现在为止，我只有在被困在堵塞的车流中时，才会真正看一看那纪念碑。

但这纪念碑绝对值得一看——那60英尺高的波特兰石墙表现了战争的体验。一列各种动物正穿过石墙中间的沟，在队列前头有一只雄壮的青铜狗，那神态表现了一个正大步跨向更美好未来的充满信心的幸存者。

但我对那题词颇感疑惑："动物与战争"，还有一行较小的字"它们别无选择"。当然，在前线冲锋陷阵的马（在第一次世界大战中有八亿匹马阵亡）、骡子和狗无权选择是否要参加战争，但多数与它们并肩作战的人类也没有选择。然而，它们完全有权选择自己的表现态度——事实是，这些动物凭借勇气获得了一块金牌，这一点，纪念碑上记录了。勇敢表现是必须经过选择的。

由于最近发现酷豆有可能严重道德败坏，我开始怀疑狗进行道德选择的能力。一般来说，酷豆并不是一只贪婪的动物，但他确实有一个弱点——爱好猫食。我们早就意识到，必须把猫食碗放在窗台上，让他够不着（至少我们认为他够不着）。

平时酷豆都和我们同时睡觉，但最近我妻子出差了，于是他开始在深夜四处漫游……而当他上床睡觉时，他身上有一股可疑的鱼腥味——就像酒鬼从酒吧溜回来时嘴里的酒味儿一样。通过对猫食碗的检查，我们的怀疑得到了证实——猫食被吃得一干二净。他肯定知道这样做是不对的，因为他从来没有试图在我们面前吃猫食。

酷豆这样的狗在战争中会成为好的军犬吗？在我上一次阿富汗之行中，我在巴斯提恩营地见识了史宾格犬的嗅探本领（我们被要求发誓不向外界透露当这些狗发现炸药后得到的奖励，这可能是我知道的唯一真正的军事秘密了）。不过我搜索第二次世界大战期间使用的探雷犬列表时，也没发现史宾格犬的名字。

其原因在于军犬的培养和选拔过程。能成功获得资格的申请犬必须是"适应战斗"的，需要参加一系列严格的考试：这些狗必须能承受包括布朗式轻机枪、近距离爆炸和俯冲式飞机发出的"噪音"，还要抵抗各种各样让他们分心的诱惑——机器兔子、绵羊、游戏、肉块，甚至还有"发情的母狗"。

各种响声不会对酷豆有丝毫影响——他有很好的猎犬基因。但是，说到游戏和母狗，那他是绝对要分心了。

以上这篇专栏文章登出之后，我收到了一个叫作圣公会动物福利社的组织的好心来信，内附路易斯·克拉克所写的名为《战争中的动物》的小册子，其中记录了一系列令人印象深刻的犬类表现勇气和献身精神的事迹。在1914年爆发的战斗中，一条叫"王子"的猎犬一路从哈默史密斯走到法国小镇阿尔门迪亚，在那里找到了正在前线作战的主人。另一个战壕里的明星是"斯塔比"——一条猎犬和斗牛犬的串种，他在一次毒气袭击时唤醒正在熟睡的士兵，让他们有时间戴上毒气面罩，免于一死。还有在第二次世界大战中被称为军犬第471/322号的大牧羊犬，他随意大利和北非的突击队作战，在危险袭来时悄悄地舔醒士兵们。在英国战场上则有闪电狗伊尔玛：她被训练嗅出埋在废墟中的幸存者，据说已经找到二十余人，其中包括两个小女孩，因为伊尔玛多次返回一个救援人员已经搜查过的区域，人们才又重新搜索，把那两个小女孩挖了出来。路易丝·克拉克的小册子里还报告了用犬当作自杀炸弹的可怕事实，她写道："俄罗斯军队中的狗承担了最可怕的任务，他们要带着炸药跑到坦克下面，成为自杀式炸弹。"

这本小册子是2010年出版的（出版它的组织成立于2000年），我和酷豆参观的海德公园附近的"战争中的动物"纪念碑也仅仅是2004年竖立起来。从前，人们对动物在战争中的作用态度十分谨慎，而将它作为动物福利领域的一部分加以关注也似乎是一个很现代的现象。现在有一个叫作"拯救狗"的慈善机构，专门致力于照顾参加过阿富汗战争的流浪狗。

而军队使用狗的方式绝对比以前更有吸引力。从前，狗主要被用于战斗。巴比伦国王汉穆拉比（公元前2100年左右）让他的战士们带着巨型猎犬去战斗；在巴比伦时期的浮雕中，这些战斗犬是强壮獒犬的样子。罗马哲学家皇帝马可·奥勒留在纪念柱的图像上与身穿铠甲的狗站在一起。亨利八世则派出数以百计的战斗犬去帮助西班牙的查尔斯五世与法国作战——据报告，这些狗在夺取瓦伦西亚的战斗中立下赫赫战功。

但在现代战争中，狗通常被用来作为警卫犬、信差犬或救援犬。我特别喜欢跟随第二次世界大战期间空降师担架班作战的狗的故事。这些狗自己乘降落伞着陆，然后按照命令"以和猎犬在灌木丛中狩猎相同的方式搜索战场"，寻找受伤的伞兵。对于拥有良好教养的狗来说，这工作比撕开别人的喉咙要合适得多！

读了哈代的狗变得多愁善感

2010 年 5 月 15 日

每天遛狗的社会生活让我有机会遇见各种人。每个圈子的遛狗人都有其固定的遛狗时间：如果我早晨去巴特西公园，通常会遇到国会议员的妻子和切尔西的那群人；9 点左右，公园大门外学校的那些有狗的家长会来到公园；9 点半过后，我肯定能碰到斯托克维尔的邻居们在湖边闲聊。

但伦敦南部的道路总是在施工，所以酷豆和我为了避免堵车，不得不打破常规，在不同时间到各种地方去散步。有一次我们出门很晚去克莱帕姆绿地的时候，遇见了定期来遛酷豆的遛狗人。

酷豆嗅了嗅他的临时保姆，打了招呼，我则去看她抱着的一团银色的小狗。她认为，那是一只大牧羊犬和德国牧羊犬的串种，它还太小，还没打第二针疫苗，不能和其他狗一起玩。一个狗救援人员把这小狗从爱尔兰带回来给了她，当时是一个邮递员发现它被拴在一条河里等死，那时候它只有五个星期大。

想让一只动物死，却又缺乏杀死它的勇气，这是只有人类才有的失败。我很难理解，有人可以因为喜欢某只狗而养它几星期，然后又让它饿死或淹死。也许抛弃那条狗的人相信命运会引导路过的邮递员发现它，因而得以摆脱良知的折磨。

　　托马斯·哈代写过一首关于这个主题的令人不寒而栗的诗，叫作"杂种狗"。这首诗讲述一个人想淹死自己的狗，因为他付不起税，尽管这假设有点儿不可能，但哈代就是这么写的。他把一根棍子扔到海里，让那狗去叼回来，其实他知道潮水会把狗冲走。当那杂种狗在海里努力挣扎的时候：

　　　　狗满含热爱的眼神落向
　　　　他奉若神明的那个人，
　　　　他心中毫不怀疑
　　　　这一切都出自安排。

　　可是到了最后一刻，那可怜的狗即将淹死的时候，他明白自己被骗了：

　　　　杂种狗眼中曾经闪耀的信任
　　　　相信主人终会拯救他，
　　　　在他濒死之时变成了诅咒，
　　　　对人类的憎恨咒骂。

我一直觉得哈代是个很阴郁的作家：他的小说表现出，他有惊人的能力来想象在任何情况下可能发生的最糟糕的事情，他的书总是以残酷无情的命运为主题，而这似乎也使他真实生活中的狗受到折磨。有客人来访时，哈代喜欢带他们参观他的宠物坟墓。他的同时代小说家E. M. 福斯特讲述了有多少哈代的宠物死于暴力（两只被火车车轮碾碎，等等）。"我不知道是怎么回事……"哈代说，"当然，我们只埋葬那些能找回尸体的宠物。还有许多根本就找不到了。"福斯特说，后来他忍不住要笑出来，因为"那就像哈代的一部小说或一首诗"。

与哈代相反，弗吉尼娅·伍尔夫是一位在描写狗方面更开朗的作家。刚刚完成《海浪》（一般认为是她的杰作，但不是最好读的）后，她写了一部关于勃朗宁夫人的猎犬的诙谐幽默的传记《阿弗小传》，马上就成为当时的畅销书。她也写了人类对狗的背叛，但笔触轻松。

她的短篇小说《杂种狗"吉卜赛"》描写了一个农夫，像那个爱尔兰邮递员一样，发现一只"小破狗"被绑在一个柳条篮子里，放在白雪覆盖的篱笆下。抛弃了它的吉卜赛人留下了一大块面包，小说中的一个人物说："这说明他们根本不忍心杀死她。"那农夫本想把小狗放在水桶里淹死，但是正当他打算动手的时候，她却开始向他微笑。那农夫说："你不能淹死一只笑着面对死亡的小狗。"

杂种狗"吉卜赛"活了下来，并且度过了颠沛流离、充满犯罪的一生——杀死最喜欢的一只猫，在晚宴桌下生下一只私生小狗，偷吃羊腿，等等。但是，每次她面临严重惩罚时，她就会使出笑容绝招。最后，她在另一个雪夜里听到一声神秘的呼哨后消失了，让读者对她最后的命运心怀悬念。

我不知道这是否和上面的内容相关，但酷豆最近成为了一个可怕的感情瘾君子——他无休止地把头搁在我们的膝盖上，如果我们没有抚摸他，他就会用爪子拍拍我们。也许在我上篇专栏提到的他的夜间漫游中，他一直偷偷从书架上找出哈代的诗歌来看。我必须帮他改掉这个习惯，让他看看弗吉尼娅·伍尔夫。

与哈代基本同时代的作家吉卜林以描写动物的高超笔法著称，有《丛林之书》、《原来如此：讲给孩子们的故事》和《仆人狗》，他给我们留下了一首比上面的狗诗更悲伤的诗歌。之前，我引用杰尔姆·K.杰尔姆的结论，说明狗对我们的盲目愚蠢的爱，而吉卜林则指出了我们对狗的愚蠢的爱。《狗的权力》的前三节就能让你窥豹一斑：

　　自然之路上已有足够的悲伤
　　让你我众生终日难逃；
　　但当我们已满怀悲伤，
　　为什么还要做更多寻找？

兄弟姐妹们，我请你们小心，
别为一只狗难过得撕心嚎啕。

买只小狗花钱不多，
他那坚定的热爱和诚实相对便可得到——
只需你轻踢一下或拍拍脑袋，
它给你无限的热情和崇敬相回报。
可是为了这些就要冒险
为一只狗伤心难过，这太失公道。

当自然允许的十四年寿命
在哮喘、肿瘤或癫痫里终老，
老狗的无言结局只能归于
无痛屠宰或一枪毙命，
然后你就发现——这虽是你自己选择，
但是……你的心已经交由那狗撕碎。

如果酷豆能活二十年——史宾格犬的寿命经常超过吉卜林所说的"自然允许的十四年"，那么他死的时候，我应该已经活完了自然给我的七十年了。所以我不必太多担心他的去世带来的痛苦。但很多人都对我说，他们不想养狗是因为他们不愿意眼睁睁看着它死去。

只有养狗的人才能真正理解狗去世带来的悲痛——当然，其他人也可以说说他们有多么难过，但不会真正理解这种痛苦。在我写作这本书的过程中，有两只我认识的狗去世了。其中之一是叫"纽扣"的杰克拉希尔梗，他的主人外出时，他在寄宿犬舍睡觉时平静地去世了。另一只是性格开朗的杂种狗，是酷豆在本地公园最早结交的朋友之一，她在接受腿部手术（她在下午散步时被一只野狗咬伤了）后去世了。这两只狗来自不同的家庭背景：纽扣的富豪主人把他放进一个豪华的葡萄酒盒里，埋在乡间别墅的宠物墓地；而杂种狗的主人是伦敦南部的兼职IT顾问，他默默回到自己的公寓里去独自为爱犬哀悼。但这两个人的悲痛是完全同等的。

狗能让你更健康

2010 年 5 月 29 日

一个遛狗认识的熟人被妻子派往贝特西公园遛狗，为了达到减肥的目的——结果却发现了一个妻子深藏的秘密。她用自己遛狗带来的健康益处鼓励丈夫，于是他也开始带着他家的小猎犬去慢跑。可是他刚一打开车门，那狗就冲到公园的咖啡馆门口趴下，显然期待着一个长时间的"咖啡八卦会议"。

但我现在比以往都更加确信，狗确实对健康有好处。我 16 岁的继女正在准备考取 GCSE（英国普通中等教育证书），在复习备考的时期，她坚持——这非常不像十几岁孩子的方式——让我们每天早晨叫醒她，她去带酷豆散步，使身体和头脑都清醒兴奋，开始与教科书奋斗的漫长一天。为了保持身体健康，我们都应该每周适度锻炼至少 150 分钟；酷豆可以很高兴帮我用每天早餐前的散步完成整个星期的锻炼目标，而且他会走上比我多一倍的路，还不影响他的速度和边嗅边冲刺的步伐。

有确凿的证据来证明狗和健康之间的关系吗？我曾经就此问过一位养狗的医生，结果被她由我的问题而引发的激情吓了一跳。她对此深信不疑，而且觉得养狗对健康的益处被人们大大低估了，因此，她正在考虑坚持给报纸写信（用"爱狗医生"的笔名）。她还让自己的西班牙猎狗待在诊室里，促进患者对这一问题的认识。

降低胆固醇和血压，降低孩子患哮喘的可能性，心脏病发作后更好的恢复，降低压力水平，增强免疫系统：如果你有一只狗，你就可以拥有所有这些益处，可能还有更多。

犬信托基金会已决定把上述收益列入"犬对人类健康贡献章程"，并引用了大量研究机构的研究结果作为证据。如果你按照脚注的线索扩展阅读，你一定会佩服一些科学家的创造性和奉献。想象一下，把自己最好的年华奉献给研究"环境对英国可卡犬攻击行为表现的影响"的论文。再说，谁听说过可卡犬会有攻击行为呢？还有，是什么让人研究"动物同伴和冠心病监护病房出院后一年患者生存率的关系"这种题目呢？

这其中最有趣的是关于狗是否能够嗅出癌症的研究。一封2001年写给医学杂志《柳叶刀》的信讲述了一只叫帕克的拉布拉多犬的例子。他的主人是个六十多岁的老人，左大腿上长了一块讨厌的湿疹。帕克开始着迷地不断嗅那个地方。最后，帕克的主人重视了这个信号，并去看了医生。经过分析发现，那块病变其实是基底细胞癌。而当那病变部分被切除之后，帕克对主人左腿的兴趣就消失了。这个故事让我有点儿担心，因为酷豆现在养成了在我洗澡之后舔我腿的习惯。不过他对家里所有人都会这么做，所以他可能只是喜欢我们用的肥皂的味道。

2004年，一群白金汉郡的科学家进行了一项研究，结果表明帕克并不是唯一能嗅出癌症的狗。在超过七个月的时间里，他们训练六条狗从肿瘤患者的尿液中嗅出膀胱癌的迹象。在培训结束后，他们报告说狗识别癌症患者尿液的成功率达到了41%，而如果只是随机的成功率则只有14%。

科学家们对这个结果深感兴奋，但仅凭酷豆嗅闻时的高度专注，我觉得这个成功率本来应该可以更高。所有狗主人都知道，狗很喜欢嗅尿，而科学家们提供的"新鲜解冻的尿液标本"，听起来就像狗类的高级勃艮第葡萄酒。所以，我怀疑那些狗只是为了让实验一直持续下去而假装一部分失败。

我在一篇研究报告的脚注中发现，狗能增强人的自信心。这可能有点儿不太靠谱了。当我的妻子在她的办公室上班一天后回家时，酷豆用最戏剧性的表现欢迎她，不害臊地狂喜得吱吱叫。而当我在英国广播公司新闻工作室工作很长时间后回家时，我只能得到酷豆若有若无抬起眉毛的表情和一声沉重的叹息——在我按照酷豆散步的需要安排我一天的工作时间后，只得到这点儿小奖励，这对我的自信心毫无好处。

如果您觉得这最后一段有些"重口味"，请原谅我，但我认为只有经过充分锻炼的狗主人才能做到这一步。酷豆一般在早晨"方便"时相当谨慎，喜欢在树干和绿叶覆盖的灌木丛附近解决。但上周末，他在克莱帕姆绿地上一大群军事化健身的人们中间以最显眼和挑衅的方式拉了一泡屎。我肯定他这是对现代时尚健身粗鲁地表现不满,想想他的祖先几世纪以来一直帮助主人保持良好身材的功绩就知道了。

这篇文章登出之后,我那位爱狗的医生朋友打电话告诉我,她不再让她的狗待在诊室里了。因为在她给病人做宫颈涂片的过程中出了个不幸的小事故,她才不得不放弃了这种安排。

根据她委婉的说法,当时她刚刚"开始使用窥镜",而那狗本来一直在角落里静静地打盹,这时可能做了个追兔子的梦,突然发出一声长长的伤感的鼻音。"你把什么人藏在这里了?"那病人一边尖叫一边试图并拢双腿——这很难办,因为当然,我的医生朋友正站在她双腿之间。后来真相大白后,她们笑了很久,没有人受到伤害,但自那以后,那只狗就只能在诊室外小睡了。

7
狗之爱

在给一位BBC同事的电子邮件中，我询问了他家雪纳瑞的健康，结果得到了以下答复："狗很好，谢谢。她欠我牙齿治疗费和一个良性囊肿切除费共611美元。现在我每天用家禽味含酶牙膏给她刷牙。我已经到了这个份儿上了。但我告诉所有养狗的熟人，要给狗刷牙，否则就会面对高额医疗费……"

这位同事和我年纪相近，当你到了中年而你的孩子到了青壮年时，养狗绝对具有了不同的意义。我们已经挨过了换尿布和喂养婴儿的枯燥生活，现在更容易接受这种养狗带来的麻烦，而且很可能，尽管我们自己不承认，但我们实际上想念被小孩子依赖的感觉……并通过溺爱自己的狗来填补这一空白。

有一个新创造的令人作呕的词来形容替代儿童角色的狗："毛孩"。它通常被用来指那种住在巴黎希尔顿酒店的超级名模和各种名人装在手提包里的浑身发抖、超级小、吃得太好、过度打扮的小狗——不过对于其中某些类型的狗来说，已经很难分辨他们到底是起了替代儿童的作用还是成为了时尚配件。

一个电台主持人——她的节目里总会有关于狗的内容——发布了一条新闻,宣布她为她的斗牛犬制定的圣诞节礼物清单:

  ○ 手工制狗饼干(?英镑)
  ○ 狗咬玩具——结实到足以承受斗牛犬的咬力(60英镑)
  ○ 实心银质身份标签(25英镑)
  ○ Holly & Lil的定制项圈(100英镑以上)
  ○ "动物服饰"的豪华新床(70英镑)
  ○ 各色冬衣,包括Equafleece牌毛衣,Holly & Lil牌花呢大衣,来自纽约的手工针织粉红色毛衣(200英镑)
  ○ 在对狗态度非常友好的伦敦里程碑酒店与她最好的朋友迷你牛头梗共享一次特殊的节日下午茶(50英镑)
  ○ 一对一的训练课教她玩滑板(每节25英镑)

  对于"毛孩"现象的发展有一些科学的解释:据说,抚摸狗能促使女性分泌催产素,和哺乳产生的"开心激素"效果相同。显然,我和我的BBC同事与狗相处时那种男子汉的冷静的、主要是户外活动的关系,与这种轻率的胡说相差万里,而且我绝对不同意说酷豆是"毛孩"。

能激起父母自豪感的不止孩子

2010 年 6 月 12 日

一位最近加入本地遛狗圈的邻居，带着一只非常活泼的年轻拉布拉多犬，受委托创作一尊西班牙猎犬的公共雕塑，她在公园里走到我身旁，问她是否可以把酷豆作为模特画一些素描。这使我想象到，凯特·莫斯的妈妈得知女儿将首次登上《时尚》杂志的封面时那种骄傲自豪的感觉。我一想到酷豆的身姿将永远呈现在那青铜像上，心里的自豪感简直要喷薄而出。

两天后，我在克莱帕姆绿地和一个带着杰克－罗素西施杂种犬的女人闲谈。我们谈到这个令人惊讶的基因实验的成功品种的命名（杰克稀屎？），颇感到一些乐趣。然后她说——我肯定她没有恶意——酷豆的花纹看起来像一头奶牛。我惭愧地承认，当时我心里默默沸腾着愤怒。

我不清楚为什么人会为自己狗的外貌感到骄傲——狗和孩子不一样，狗身上没有主人的基因遗传。但这成了所有养狗人一个普遍的弱点。

伟大的威尼斯画派画家委罗内塞这个弱点非常明显，结果竟然因此而受到庭审质询。1573年，他被要求在法庭上解释巨幅画《利未家的宴会》中的某些"古怪之处"：他把自己的狗悄悄画在画布的中心，那狗钦佩地凝视着同样被偷偷加进去的画家自画像。委罗内塞解释说，他在画中充分表现了主要内容之后，如果还有空间，他喜欢添加"自己发明的人物"，他把这比作米开朗琪罗在宗教画中加入裸体人物的做法。

可是他受到了严厉训斥："在米开朗琪罗的画里，你看不到除了精神世界之外的任何事物，那里没有醉鬼，没有狗，没有武器，也没有其他任何此类插科打诨之物。"撇开这件事对委罗内塞意味着什么（在那个时代，遭到庭审是很糟糕的事），但这对狗来说似乎太过严厉——被归入醉鬼和其他"插科打诨"那一类。

我尽量诚实客观地评价酷豆的长相。他的腿有点儿短，而且虽然他并不肥胖，却也颇为粗壮。如果太久没有梳理毛发，他背上的棕色大斑块就会颜色变浅，有些接近姜黄色。但是，适当清洁梳理后，他的皮毛就是醇厚的巧克力和乳白色相间的颜色，在家里很能起到装饰作用。我在中东工作时，买了一些漂亮的地毯，他伸开四条腿趴在那深蓝色和红色的大不里士或哈马丹地毯上时，看起来颇为悦目。

也许正是这种快乐的犬类协调斑斓色彩的能力启发了委罗内塞和其他几个威尼斯派画家，让他们在画作中使用了这么多狗的形象。与委罗内塞同时代的画家提香的作品中则是绝对充满了对犬类的精彩表现。

提香笔下的狗通常专注于他们自己的兴趣所在，而对画布上在他们周围展现的宗教和神话史诗剧场景则视若无睹。在《最后的晚餐》中，一只狗心满意足地在桌子下啃着骨头，而餐桌上，痛苦的基督正在预言犹大即将对自己的背叛。在《安德里安的酒神狂欢节》里，画面后方有只狗正在向一个人乞食，而对前景中那疯狂纵饮和肉欲狂欢甚至不屑一瞥。在奇妙的题为《维纳斯与丘比特、狗和鹧鸪》中，一只和酷豆毛色很像的小猎犬正试图从窗台上抓一只鸟，却对那个和它共享长椅的美得令人不安、有着完美卷发的妖娆裸女丝毫不为所动。

我曾经有一两次怀疑酷豆是在特意摆姿势，所以提香的想法让我放下心来，他认为，狗只是无意识地做自己的事，并不太关心他们周围的人类上演的种种戏码。我相信他是正确的，如果酷豆真的有虚荣心的话，他肯定不会那么频繁地对我们露出他的睾丸。

在一次巴特西公园的散步中，酷豆令人难忘地表现了他的审美观。他跑在我前面，一会儿就看不见了，跑下小路去探索湖面上的鸭子了。一个路过的慢跑者看着酷豆，然后喘着气停在我身旁。她说："我不知道你的狗是不是在表达观点，不过他刚才在'芭芭拉·赫普沃斯'脚边拉屎来着。"我相当喜欢那个巨大的眼形青铜雕塑立在水边前哨的样子，但酷豆的表现会得到某类艺术爱好者的青睐。

在写上面这篇专栏之前，我在伦敦图书馆研究"狗和艺术"这个主题。这个古老的机构（它是由托马斯·卡莱尔创立的）位于圣詹姆斯广场，在仍然美丽的伦敦中心地区，并且让那些有时间徘徊于某段工作中的人享受到微妙的乐趣。各类真正杰出的作家都在使用这个图书馆，所以你可以兴奋地猜想自己在工作时可能会看到哪位文豪（这里每个人的衣着都是相同程度的时髦的邂逅，多数穿着粗花呢，所以有时很难辨别出哪些是名人）。你可以在一堆堆藏书中搜索自己需要的图书，所以有时会享受到无心插柳而收获的兴奋。还有——至少我怀疑——大家还用自己堆在阅读室书桌上的书目私下比赛，看谁能胜人一筹：你堆的书越晦涩博学，看起来就越好，你会注意到人们偷眼看旁边人的选择，试图猜出他们研究的性质。

我的书堆通常包含《世界上最好的狗故事》和《文学中的狗》这样的题目——这可能和《部分美国阿连德蜘蛛生殖器的结构与功能》或《史洛里·斯图拉松与埃达：中世纪斯堪的纳维亚文化资本的转换》（说实话，这两本都是真实存在的书）这样的书不能相提并论，但狗的主题的确有其引人入胜之处。

我对于是否要开始研究与狗与艺术的关系颇踌躇了一阵，但是被一个偶然的发现解救了：很意外地，我发现了一本叫作《威廉·西科德绘画中的狗》的书。这引得我踏上一条与手头任务完全无关但后来证明很耐人寻味的研究之路：狗画像作为独特艺术形式得到发展与贝特森报告（见 2010 年 1 月 23 日日记）中所说的犬类育种之间有着非常密切的关系。

在19世纪以前,犬类育种只是很含糊的一个概念。当然,特定种类的狗适合特定任务的认识从人类开始养狗以来就一直存在。有一幅著名的17世纪画作,叫《沉睡的运动员》,其中有一条几乎与酷豆一模一样的赛犬。但以前并没有规定某个品种的理想犬只应该是什么样,也没有人太关心狗的家族血统传承。当狗出现在19世纪前的英国和欧洲的艺术作品中时,他们一般只是主题的附属物,为画面提供额外的颜色,或者像在提香和委罗内塞的作品中那样,只是戏剧性的道具。

而维多利亚女王改变了这一切。众所周知,她非常热爱动物;1835年,她还是公主的时候,成为爱护动物协会的赞助人,也让这个组织拥有了"皇家"头衔,并宣称"只有把那些上帝创造的无言无助的生物纳入慈善保护范围之内的文明才是完整的"。她特别喜欢狗,在温莎大公园里放了很多狗舍,她在那里还有一间小房子,从房子里就能看到她的众多狗狗被养狗人带出来玩。

有一张照片,显示的是被称为"女王的小屋"的房间,我们能看到那房间的墙壁上挂满了狗的肖像。1836年,就在维多利亚继位前夕,她让艺术家埃德温·兰西尔为她的18岁生日画一幅肖像,是她那只黑白相间的查尔斯王猎犬"达西"的画像,这就是她终生热爱狗画像的开端。

维多利亚对狗的喜爱奠定了整个英国犬文化的基调,而她对犬肖像的热情则有效地创立了一个新的艺术形式。随着英国日益富强,新出现的有钱有闲阶级逐渐增长,为娱乐养狗也变得越来越普遍。随之而来的就是对纯种狗的势利的新兴趣:突然间,拥有一只纯血狗变成了时尚,维多利亚时期的作家戈登·斯特波尔斯(以写男孩冒险故事而大受欢迎的作者,在职业生涯的最后阶段写了一本书《狗:从幼年到成年》)在1877年说,"现在稍微有点儿身份的人都不好意思牵着杂种狗出门了。"

第一次正式狗展于1859年在纽卡斯尔举行,评委之一是约翰·亨利·沃尔什博士,《实地》杂志的编辑。几年后,他出版了开创性作品《英伦三岛的狗》,首次尝试描述某些具体品种的理想特征。养犬俱乐部成立于1873年,一年后发布了第一本《良种犬手册》。

查尔斯·克拉夫特是促进维多利亚时期犬文化发展的关键人物。他与狗结缘的生涯开始于在辛辛那提的第一家狗饼干生产商詹姆斯·斯普拉特公司作为一名办事员工作时,但很快他就转而开创以自己名字命名的名犬展赛。当他说服维多利亚女王在比赛中展示她的一些纯血犬(她的牧羊犬和六只博美犬:毛毛、尼诺、美浓、贝波、吉尔达和露露)后,他的展赛取得了突破性进展。不出所料,鉴于当时崇敬王室的文化,女王的狗都获了奖——在现代,名犬展赛得到了真正的促进和发展。当然,那些在克拉夫特先生展赛中获奖的狗主人希望用肖像来永远留住自家狗的英姿——女王的获奖狗也一样。

我们觉得,维多利亚肯定会被后代人为了获奖而牺牲犬类健康的育种方法吓坏，就像贝特森教授在他2010年的报告中描述的惊人事实（不过我担心她可能在"毛孩"的问题上未必完全健康）。她是一个真正的爱狗人，因为在参加克拉夫特展赛后不久犬舍中爆发了犬瘟热，她让自己的狗退出了比赛。但证据表明，对品种纯度的崇拜很早就开始破坏狗的健康。1911年，内维尔·利顿夫人写了一本书，叫《玩具犬及其祖先，包括玩具猎犬、狮子狗、日本狗和博美犬的历史和管理》，在书中她描述了现代育种扭曲自然选择的做法：

> 自然无情地淘汰弱者、杂草和失败者。生活的条件如此艰险，这些品种必须死去。现代人却费钱费力地保留它们，并为它们在长桌上的表演提供奖品。人们繁育那些绝不会自然繁殖的品种，它们太小、太弱或过于扭曲，在自然条件下无法实现物种传播，而且，往往在繁育的过程中突生变异。这是一个严重的错误。

基因遗传肯定有意义：利顿夫人是另一位爱狗人拜伦勋爵的孙女。

我被沉默以对，感觉无比幸福

2010 年 6 月 26 日

我在国外做报道时，很珍惜给家里打电话时听到的关于酷豆的消息：他的那些微不足道的小胜利和小灾难总能让我感到舒缓轻松，尤其是当我在环境险恶的地方工作时。但事实证明，酷豆对我完全没有同样的感情。

我最近在吉尔吉斯斯坦待了十天。其间有一次，我妻子开着车带酷豆去克莱帕姆绿地散步时，电台里的《今日》节目正好在播出我的报道，而她忠实地在车里听着收音机，等节目播完。酷豆可对这完全没兴趣：他用头顶了一下收音机按钮，把我关上，要求放他出去跑步。

有一个关于俄罗斯演员斯坦尼斯拉夫斯基的著名故事，讲的是他每次排练的时候都带着他的狗。那条狗会一直呼呼大睡，当演员们演完时才醒过来；斯坦尼斯拉夫斯基认为，这说明那条狗可以判断人们什么时候恢复了"真实"的自我。显然，广播里的我不够真实，不足以影响酷豆看见绿地时解决"紧急"问题的迫切性。

虽然因为被小狗冷漠对待而略感恼火，但我仍不禁想着如果酷豆来到吉尔吉斯斯坦，他会有多高兴。从首都比什凯克到最近发生暴力事件的奥什有 12 小时车程，是一段颇为壮观的旅程，要越过高高的山脉，穿过深长的峡谷。大约走到一半时，我们经过了一片辽阔的平原，是所有狗狗梦想中的宽阔的绿地。

这个国家的游牧民族在夏季迁徙到这里放牧牛群，在野花丛中搭起传统蒙古包，冰雪覆盖的山峰在远处闪闪发光。我看见几只守卫蒙古包的狗像哨兵一样，严肃地站在这些圆帐篷的入口处。还有狗负责放牧山羊、奶牛，甚至马，我看见一只狗愉快地小跑着跟在主人坐骑的蹄后，跑上连绵起伏的丘陵。多么可爱的狗儿天堂啊！更妙的是，通常的人与动物的关系在这些偏远地区反了过来：如果一匹马、一头牛或一只狗在马路上闲逛，汽车会为它们让路。

在最近的暴力事件爆发之前，我在奥什待了几天，我对这个城市的人狗之间的轻松和谐深感震撼（现在看来，人和狗之间比人类内部关系和谐得多）。奥什的狗大多是野狗，但他们养成了良好的礼仪，并且也受到人类的尊重对待。从我房间的阳台向下能俯瞰一个繁忙的十字路口，一天晚上，我看见一只老杂种狗特意穿过马路，来到我房间下面的树旁，他在树枝下谨慎地上了厕所——在远离路面的地方，然后原路返回。

在这样的旅程中，一本好书是必不可少的——我总会有一定的空闲时间，这次我带了安德鲁·奥黑根轻松的新小说《小狗马福和他的朋友玛丽莲·梦露的生活和思想》，这本书是完全从那只马耳他梗或比熊犬的角度来写的（"马福"是黑手党Mafia一词的简称，他是弗兰克·辛纳特拉送给玛丽莲·梦露的一个礼物，所以他的名字就是一个小笑话）。

我不太喜欢马福，他从小时候在苏塞克斯第一个家跟着作家和评论家西里尔·康诺利的时候就自大得惊人，而且往往用庸俗的方式炫耀自己的学识。有一个很有趣的场景，他在曼哈顿的一个新书发布会上对莉莲·海尔曼和埃德蒙·威尔逊产生了反感，并且因为不同意他们的观点（分别关于托洛茨基和英国人）而咬了他们。但对于狗来说，咬人是很不好的行为，即使是为了表现好品味而咬人也不应该。

但利用马福的视角是一种非常有效的叙事手法。玛丽莲·梦露无论去哪里都带着他——参加聚会，见心理医生，上床睡觉——所以他能够报告一切，包括她的私密时刻。并且奥黑根非常敏锐地表达出，狗能通过某种渠道直觉感知周围人的生活，吸收他们秘而不宣的情绪和想法。当然，和酷豆相处的乐趣之一就是，他能让我觉得他知道我有什么样的情绪，并且当我低落的时候乐意躺在我旁边，默默给我支持。

马福是个吵闹的小东西，读了他的"生活和思想"，我意识到能养一只不喜欢叫的狗是多么幸运。我们知道酷豆可以吠叫——他偶尔在睡梦中会叫上一两声——但他似乎并不喜欢这种沟通方式。

一件颇为讽刺的事情是：我听说，那些在世界杯比赛中压倒其他一切声音的喇叭呜呜祖拉，最初就是用大羚羊的角制成的，而我家这只沉默的狗，名字的意思就是大羚羊。

狗肯定会改变家庭关系的机制，但他们对家庭生活的影响是否完全是良性的，则是一个有些争议的问题。一天晚上，我们吃晚饭时，列出了一个养狗的利弊清单：

养狗之利

狗会阻止争吵：在大多数的家养狗面前，你绝对不可能提高声音——他们根本不会容忍。如果你真的下决心要在家里争吵，你也必须窃窃私语。

狗是幽默的来源：酷豆有个天赋，在紧张的时候他的耳朵就会做出可笑的动作。

狗在你辛苦工作一天后给你无条件的支持。

狗能监督家里的猫。

狗从来不反对你的意见（不像大多数其他家庭成员）。

狗提供了一个安全的谈话主题，每个人都可以放心谈论狗，而不必太担心无意中冒犯或冷落了别人。

养狗之弊

狗对家庭成员的层级区分得非常严格，在我们家，这意味着我是要惧怕的人，我的妻子是心爱的人，年轻一代是一起玩的人。什么也不能改变这种认识。

狗会抓坏长筒袜。

狗带来额外的紧迫家务——"有人喂过/遛过狗了吗？"他们还会把泥爪子踩到白床单上。

狗很善妒，不会容忍成年人之间表达的亲热，即使毫无色情性质的也不行。本书不应纠缠于这个问题，但是请关上卧室门。

狗还为家里的青少年提供了对家中长辈的弱点进行破坏性批评的机会——我是付出惨痛代价后得出这一结论的，下一篇专栏中有相关记录。

和我家的爱因斯坦比，澳洲野狗就是笨蛋

2010 年 7 月 10 日

在一篇名为"你的宠物狗也许很可爱……却不太聪明"的报道中，本报最近刊登了一个研究的结果，其内容是研究家犬和野生澳洲野狗解决问题的能力。

南澳大利亚大学的心理学家布拉德利·史密斯博士让一群澳洲野狗参加了被称为"绕道测试"的实验。实验内容是，把一些食物放在一个 V 形的透明围栏的交叉点，然后从错误的一边让被测试的野狗看那些食物，它们必须弄明白怎样才能吃到食物。澳洲野狗很快（平均 20 秒）意识到，它们首先得走向反方向，然后才能吃到食物。而家犬在相同的情况下，显然只能坐在那里喘着粗气，满脸疑惑，转身去乞求主人的帮助。

和《每日电讯报》相比，澳大利亚的报纸对"狗是愚蠢的"这个主题思想的报道语气更加强烈："澳洲野狗是顶级犬，家犬沦为蠢货"就是一例。但单凭这种解决问题的能力来判断狗的智力太过狭隘，例如，如果用相同的方式判断人类，想必鳄鱼邓迪会比健忘的维特根斯坦排名靠前。

看过这篇报道后，我把继女罗西圣诞节给我的犬类智商测试题找了出来，之前我一直把它放在书架上，没当回事。这个测试确实涵盖了范围更广的能力测试，我们决定让酷豆来测一下。

结果酷豆解决问题的能力令人印象深刻：当我们把食物扣在咖啡杯下面，放在他面前时，他几乎只用了一纳秒就明白，只要弄翻杯子就能吃到食物了。他有良好的语言识别能力（如果你用通常叫你的狗的声音说"冰箱"，而它也有响应，那我恐怕它不是很聪明）和不差的短期记忆。他的弱项是社会学习的部分，而我们没有那么多精力去移动一个房间里所有的家具，看他是否会注意到。总体来说，我给他的狗智力打了相当靠谱的 45 分，根据这本测试小册子："你的狗属于高智力的范围，应该能够做到你需要它做的所有任务。"

没错，出于对环境因素的考虑，我给酷豆加了一点点分：我们做测试的时候我正在做烤肉，而酷豆因为那气味有时分心也很正常。但是我的研究搭档罗西却不同意我的打分，并拒绝认可这个结果。事实上，她坚持写下免责声明：

> 和爱德华可能会告诉你们的相反，我很抱歉地宣布，酷豆不是爱德华所说的少见的聪明狗。当我在货架前犹豫是否要给爱德华买一份狗的智商测试作为圣诞礼物时，我就知道

这东西肯定会引起斗争。不是酷豆的斗争，而是埃德[1]的。你知道，在我看来，埃德在对待我们毛茸茸的朋友时，总是不愿意面对现实。这方面的一个典型的例子是，当我们真正进行测试时，如果酷豆在某个问题上表现不好，某人就让我跳过这个问题，因为我家的条件达不到实验室标准。然而（真吓人啊），如果酷豆做得很好，我们就不会考虑任何条件的问题，某人就会得意地告诉我，我们聪明的小男孩真是太聪明了，这些"傻问题"就是小菜一碟。

酷豆一直被过度宠爱，这次只是我曾见证的许多例子之一。我从没听到爱德华称呼任何人"亲爱的"，甚至他的孩子也没有。但是，从酷豆踏进这个家门的那一刻起，他就专享了这个称谓。

抱歉，爱德华——你被曝光了！

从一个16岁的孩子口中听到这个评价，我真是有点儿震惊！因为不愿面对这种对我直言不讳的评价，所以我和酷豆一起去我的写作棚避难。在那里，我积累了很多爱狗的伟大作家的作品。这是希腊历史学家色诺芬对他最喜欢的母狗的描述：

当我们吃饭的时候，她会用嘴碰一碰我们中某人的脚，

---

[1] 爱德华的昵称。

暗示她应该有份儿。她比我知道的所有其他狗都有更多的语言表达，并可以随时告诉你她想要的东西。因此，她生小狗的时候曾经被鞭打过一次，直到今天，如果有人说了"鞭子"这个词，她就会到说话人脚边去蹲伏下来哀求，抬起嘴让人家亲吻，然后，她会笑着跳起来，把爪子搭在他的肩膀上，直到所有的坏脾气迹象全部消失，她才会放开。

如果色诺芬能对狗这么宠溺，那么，直说吧，我也可以！

一个确实应该废除的英国传统

2010 年 7 月 24 日

在一个和煦的夜晚,我和妻子听歌剧回来,睡前到花园小坐。今年,后门边的金银花开得格外旺盛,我们的茉莉花也不负我的精心修剪,散发出醉人的香气。我们沉默地坐着,喝着葡萄酒,享受各种香味交织的天籁,耳边仍回荡着《费德里奥》的片段,英国夏天的夜晚就应该是这样。

隔壁幼儿园在晚上空无一人,所以当我们听到那里有声音时,还以为是狐狸。可是酷豆的反应否定了我们的猜测,他坐着一动不动,盯着那一片黑暗(如果是狐狸,他就会绕着花圃狂跑,造成不小的破坏)。原来有个年轻人在校园里,显然在和他的狗玩。

当我隔墙向他抗议时,他看起来挺讲理,但对待黑暗中的入侵者还是应该审慎,尤其是他身边还带着一只大狗。酷豆现在已经回到灌木丛边去例行每晚的巡逻了。所以,我礼貌地请那男子离开,并承诺只要他不再来,我就不报警。

正在我们要转身回家时,他的狗突然跃向一根树枝,恶狠狠地用牙齿咬着挂在上面。我们那位入侵者高兴地宣布说:"他很快就能这么咬其他的狗了。"幼儿园的花园被用来训练斗犬。认识到这一点,我的妻子发表了一篇毫不留情的——可能也不完全审慎——有关虐待动物的长篇大论,从那以后,我们再也没见过那只狗,也没见过他的主人。

这件事促使我对斗狗做了一些调查研究,结果发现这恐怕和夏天傍晚的金银花香气一样,都是英国的传统。罗马人对英国獒的凶猛留下了深刻印象,于是把这些狗送到斗兽场去。和我们这次夜间遭遇相距不到一英里的地方,刚过泰晤士河,就曾经有一个可怕的地方,称为威斯特敏斯特坑,是纯粹为观看动物拼死相斗的乐趣而建立的。

在斗狗的鼎盛时期(19世纪初),威斯特敏斯特坑的斗狗是程序严密的重大事件。斗狗通常是斯塔福郡斗牛梗,要像拳击手一样称重,以确保平等体重间的较量。有些狗主人会在自己的狗身上涂上辣椒,以防止他们被咬,所以每个主人都可以舔对方狗的皮毛,检查对方是否作弊。

整个坑中心有一条起点线,狗主人带着自己的狗来到相对的角落。每一轮由一只狗先开始攻击(称为"起攻"),这样轮流下去,直到其中一只"斗败",从战场上撤退。当其中一只狗不能在新一轮开头"起攻"时,战斗结束。

这种战斗可能会持续二十回合或更多,甚至死亡都不能立即中止战斗。如果一条狗被另一条狗杀死,活着的狗必须再"在死尸旁边停留"十分钟，然后休息，再开始新一轮。如果这一轮正好轮到死狗"起攻"，那么战斗自动结束。但如果轮到活着的那只狗"起攻"，而他因为疲惫或丧失精神而没有做到，那么即便他杀死了对手，这场战斗也算他输了。

这些规则无限强调攻击的价值，当我在文献中读到狗主人吹嘘自己狗的美其名曰为"斗性"的品质，真是令人不寒而栗。直到20世纪60年代，美国许多州的法律仍然允许斗狗，因此英国育狗人常向美国输出他们的狗。一位英国的斗狗爱好者在20世纪40年代写道："很自然，这样一项要求斗性的运动会制造一些与众不同的狗。去年，我看到一只狗，他拒绝和一只正在发情的母狗交配。每次人们放开他时，他都直接咬向她的喉咙，我们拉住他八次，最终他才和她交配，甚至在交配过程中，他还企图攻击她。"这位爱好者还建议，训练斗狗的好办法是挂起一个旧轮胎，"让他跳起来咬住，自己摇晃"。我们遇见的那个年轻人正是这么看待那个树枝的。

我们大多数人都生怕自己的狗会具有攻击性。酷豆最好的朋友，贵宾犬泰迪，曾经在跟着遛狗人散步时总是攻击一只短腿猎犬，这让他的主人度过了很多不眠之夜。她考虑过给他做绝育，但在广泛征求巴特西公园遛狗人的意见后，还是放弃了。（和陌生人谈论阉割的问题是需要有胆量的。）现在我很高兴向大家报告，泰迪已经度过了敌视短腿猎犬的阶段，眼下活泼开朗，阳刚如昔。

在我下午常带酷豆去散步的小公园里，斗狗是个敏感话题，还激起了一场纯粹南伦敦风格的激烈斗争。

那公园是中产阶级住宅区中间的一块非常漂亮的地方，而这高级住宅区周围则是首都最粗糙的一些住宅。宠物狗的主人和斗狗的主人都把这公园当作了自己的领地。如果公开开战的话，获胜一方毫无疑问：你能看到一些项圈上镶满铆钉的恐怖生物，他们让冥府守门犬看起来只是小哈巴狗。但大部分时间，两方狗主人保持着紧张的和平状态，斗狗主人独占了狗跑道，而宠物狗主人则大胆地挤在中间开阔的草地上，随时准备在意外发生时用手机拍照报警。酷豆几次险遭斗狗咬伤，而那些狗主人一边奋力拉住满口流涎的恶狗，一边说："老实说，这是他第一次这么干。"

我觉得繁殖和训练斗狗非常令人厌恶，但我说这句话时也有点儿不自在，因为我非常喜欢狗在另一项很多人认为残忍的运动中的表现。偶尔我会去打猎，看狗在狩猎过程中的工作和这项运动本身一样充满乐趣。优秀猎犬的纪律性令人肃然起敬：尽管兴奋得浑身颤抖，他们还是会一动不动，直到主人发出命令让他们去捡死鸟时才飞奔而出。但看他们打猎的真正吸引力还是在于他们因自己做了有用的事情而表露出的快乐。我曾经看到一只年轻漂亮的黑色可卡犬在受训后第一次去打猎，每次他捡回死野鸡时，都会先胜利地绕着主人的腿跑一圈，然后才放下死鸟。

狗在这些场合还可以发挥很好的气氛调节作用。在一次猎鹬鸪的过程中（这种鸟很难猎，我的水平远远不够），我旁边有一个人，我在心里偷偷给他起个绰号叫"死亡之墙"。每次射击时，他头顶上的天空都被击落下来的鸟遮得暗了下来，而那些选了我的射击位置的幸运鸟儿则安全地扑棱棱飞过我的头顶。那人带着两只漂亮的史宾格犬，从他们在射击过程中耐心而专心地坐在他脚边的表现，你就能看出他们一定接受过昂贵的培训。标志射击结束的哨声一响起，他们就冲出去完成自己捡死鸟的职责，但其中一只有个奇怪的习惯：他没有把鸟带回到主人身边，只是在不同的场地尽头把那些鸟整齐地码成一堆堆。这看起来非常可笑，让我觉得，我可以在平等的条件下和"死亡之墙"交换狗不听话的故事，因为后来我发现，他原来是个友善开朗的人，根本没有因为自己的狩猎技巧而沾沾自喜。

8
狗眼看世界

直播间的生活非常诱人。你坐在舒适的椅子上毫不受打扰地播音，身边有一小群热情的制片人和熟练的技术人员随时准备支持你。还有一些年轻人似乎很崇拜你——起初你会因这种奢侈待遇感到不安，但很快就习惯了。有预定好的出租车接送你，你暴躁的脾气也被容忍。最好是，没有人能删减或修改你的材料：一旦现场的麦克风打开，播音时间就是完全属于你的。

相反地，现场采访十分艰苦，应该说是年轻人的游戏。这意味在拥挤的飞机上长途飞行，坐着破旧危险的汽车长途旅行，没完没了地住在旅店里，往往条件极其艰苦。采访还意味着失去珍贵的家庭团聚时刻，学会起得很早工作到很晚，意味着长时间等候在那些自以为有权有势的人的前厅里，还有虽知失望结局但仍顽强追求采访的毅力。

这工作还要求忍受各种屈辱：我正在尼日利亚写这篇文章，而刚才我在一家破旧不堪的哈科特港酒店窗帘后面躲了半个小时，就为了重现现场直播所需的声音效果。最糟糕的是，你无法控制自己的时间，因为你要受到交稿期限和事态发展的双重摆布。到了最后，你所有采访材料的命运都掌握在一个本部的节目编辑手里，而这个人可能连办公室门都没出过。

然而……那种亲眼见证历史时刻或看到少有听众能够一见的场面的快感，让人很难抗拒。现在我仍然会感到亲历现实的震撼，让我深刻认识到事件的意义，明白自己能向观众讲述有价值的内容。没有任何毒品能带来与真正的新闻原料直接接触的刺激和兴奋。

我到白金汉郡去参观癌症嗅探犬的行程和去白宫椭圆形办公室采访罗纳德·里根或观看巴格达上空的巡航导弹，这些不能相提并论，但此行仍然给我带来十分惊喜的因素，正符合记者带上笔记本出发时的愿望。

狗比四轮摩托或活体检验更有价值

2010 年 8 月 7 日

《每日电讯报》最近报道了一只叫罗恩的牧羊犬在斯基普顿拍卖会上创下的价格纪录：这只 14 个月大的牧羊犬卖出了惊人的 4900 基尼（5145 英镑）。报道称："在拍卖会场旁的山坡上展示时，罗恩仔细地绕着圈把一只似乎决计要逃跑的羊赶了回来，给人们留下深刻的印象。"《每日电讯报》的标题作家尊称他为"牧羊犬转会市场上的鲁尼"，而他的主人以牧羊人的精明计算指出，买一辆四轮摩托车来做罗恩的工作耗资更大。

酷豆有记录的讨人喜欢的表演则更多样化。最近，一家对狗感到好奇的朋友来我家吃周日午餐并看酷豆，结果他奉献了一场精彩的表演。这家的爸爸告诉我们，他们之所以来访，是因为他们八岁的女儿瑞秋一直要求他和妻子养一条狗。结果我们很快便发现，他自己才是主要想养狗的人（他刚刚放弃一份繁忙的工作，在家的时间会很多），而瑞秋则是需要说服的那个人。

那孩子小时候曾经被狗攻击过，所以当她看到活蹦乱跳的酷豆时，表现得十分紧张。但他很快就让她高兴起来，当我们提议让她给酷豆刷毛时，几乎还没等我们从柜子里拿出刷子，他就仰面朝天躺了下来。那是炎热的一天，所以他对在花园里追玩具没有太大热情——每当瑞秋扔出玩具后，他就试图把它藏在桌子底下——但他还是负责任地陪她玩了整个下午，为她在公园里追网球，总体来说把狗的魅力表现得十分充分，结果瑞秋离开我家的时候，真的在求父母养狗了。

但两天后，在里士满公园拍摄照片时，酷豆的现场表现则大失水准。摄影师安托瓦内特·尤思特试图重现一幅韦斯的画，是一个年轻女孩躺在电闪雷鸣的天空下，背景里坐着一条狗。我的继女罗西乐呵呵地摆出那个女孩的姿势，天空也配合地正在电闪雷鸣……但那条狗就是不肯按照命令坐在那里。看来，酷豆是完全没希望在模特这一行里得到罗恩那样的高额合同了！

在白金汉郡的癌症检测犬慈善会上，我遇到一只同样在相机前十分害羞的家伙。因为在之前的专栏文章里提到了这项慈善研究，我受邀参加一次慈善募捐活动，而且由于我是唯一参加会议的记者，组织者请我拍下微笑的员工举着一张超大支票的照片。

大家让一只受训成为嗅探犬的黑色拉布拉多犬杰克也一起照相，我真希望他嗅探的本领不像他照相时摆姿势那么差劲。

不过，我们看到的演示嗅探行动的狗——也是一只史宾格犬，也叫杰克——却表现惊人。在实验室中心有一个像钢铁蜘蛛一样的装置，在每条"蜘蛛腿"尽头放着一份尿液样本。杰克的任务是找出癌症病人的尿样，结果他每次都以极快的速度做到了。他每次成功后能得到美食的奖励，最后整个表演结束后还能享受与主人玩网球的乐趣。

嗅探犬的表现令人印象深刻，但它真的有用吗？我们能想象在全国各地的国民健康保险制度基金会里都有杰克及其同类工作的癌症嗅探中心吗？不过这似乎并不是重点。组织这次慈善活动的克莱尔·盖斯特解释说，他们是用狗作为研究人员：她解释说，如果狗能识别与癌症相关的气味，人类也可以开发出检测这类气体的机器。这可能意味着对于前列腺癌这类癌症的新筛查系统——大家都知道，目前的测试并不够可靠，而且往往需要进行侵入身体的不必要的活检。我不知道这算不算是严谨的科学，但这肯定能说明狗知道一些我们不知道的事情。

一位糖尿病患者的陪伴犬更令人印象深刻——他的能力价值表现得更明显。在实验室中间，这只金毛寻回犬罗利坐在他的驯犬员脚边，她打开一个罐子，里面装着高血糖的人的样本。他立刻把脚搭在她的肩膀上，舔她的脸。当她没有反应时，他又走到房间另一边，叼来了一个医疗急救袋。这位驯犬员本身就是 I 型糖尿病患者，她向我们保证这绝不是玩笑：罗利经常在夜间当她的血糖水平出问题时唤醒她。

训练一条狗达到罗利的水平需要花费一万英镑，但克莱尔·盖斯特说，英国国民健康保险制度在与糖尿病相关的病例上每小时就要花费 100 万英镑。这有点儿像斯基普顿那位牧羊犬转会市场上的鲁尼——罗恩的养犬人把牧羊犬和四轮摩托车做比较。而且狗肯定比车库里的摩托车或医生有趣很多。

看到像罗利那样真正训练有素的犬工作让我明白我多么疏忽了对酷豆的培训。他肯定不会粗野吵闹——他有天生的绅士气质——但他的举止偶尔会有点儿粗鲁，特别是在卫生方面。有一次我们带他出去度周末，主人让我们住在厨房上方的卧室里。我们在卧室换衣服准备吃晚餐时，听到主人十分直言不讳地谈论酷豆，当时他从泥地里散步回来后被锁在前厅里晾干，因此一直在悲吟。狗的礼仪是很敏感的问题，每个家庭对狗的规则都不一样，因此带自己的狗出去串门是很危险的事。

狗对自己的习惯十分坚持，如果他们被允许在家里做某些事情，那么你很难说服他们应该在别处有不同的表现。例如，如果你让你的狗在客厅的沙发上睡觉（我要插一句，我们并不这么做），他肯定会认为应该在其他地方也有同样的待遇，无论人家的沙发是多么优雅、细致和干净。而且，判断你的狗在何时何地会受欢迎也十分复杂，因为即使最爱狗的人也往往会有最严格的规则。我们住在乡村的朋友中，大多数人认为如果他们邀请我们去度周末，我们一定会带狗——狗在相当大程度上已成为乡村生活的一部分，因此我们几乎不需要询问。另一方面，他们其中许多人做梦也想不到让狗上楼：乡间的狗往往被锁在前厅睡觉，甚至是在室外的狗舍里。而酷豆——我不好意思地承认——睡在我们的卧室里。

我曾经非常努力地尝试教酷豆餐桌礼仪，这样他就可以在散步后跟我们去酒吧，或者到网球俱乐部的露台上和我们一起吃午餐。但他现在仍然坚持认为这些都是"出门"，而出门就是为了玩儿，所以如果我把他拴在桌子腿上，他就会尝试拉着桌子跑。我们也曾经尝试把他拴在网球场旁边的长凳上，但是看着球满天飞到处滚而不能去追，对他来说太受折磨了。

人类最好的朋友可能是恶魔，
但我总是袒护他

2010 年 8 月 21 日

  酷豆的一个朋友最近从寄养狗舍回来，比主人外出度假前轻了好几磅：流离在外让他太过抑郁，以至于绝食抵抗。我们对酷豆就宠溺得多。我们外出度假时，有双倍的人工来照顾酷豆：一个遛狗人负责白天照顾她，还有一个保姆负责夜里陪着他。

  那保姆常为我家工作，在我们出发去土耳其之前两周，她晚上来喝了一杯，重新熟悉我家水管的异常状况。酷豆自去年夏天以来还没有见过她，但仍然清楚地记得她，并且用惯常的疯狂进献玩具仪式欢迎她的到来。当她坐下来后，他就趴在她的脚边，用嘴蹭着她的膝盖，眼睛恳求地盯着她的脸。

  他到底在恳求什么？我们让他睡在卧室里，那保姆却不能。我猜他是在提前为自己辩护。

  我相信当我们不在家时，酷豆可以在自己的家中当好东道主。但我们带他外出做客时，我会觉得比较紧张。酷豆小时候，有一次在我哥哥汉普郡的家里过圣诞节时，出现过紧张时刻。哥哥家里的规定包括"狗不许上楼",当时因为房子刚刚装修好,因此这条规定必须严格执行。午夜弥撒后,酷豆就被关在后厨房里。

我妹妹的一条母猎犬正在发情,虽然那母狗在车里待了一夜,但酷豆已经察觉了一丝那美妙的气味。我很难说是因为欲望还是单独过夜的恐惧,总之第二天我们开门把酷豆放出来时,那刚刚油漆好的厨房门已经完全毁了。

读者们会注意到,我谁都埋怨,但绝不会责备酷豆:狗主人在这方面比宠孩子的父母更糟糕。我认识一个成功的好母亲,但她就是无法管教自己那条精力过度旺盛的西藏梗。当他令人难忘地踩烂了一座别墅前草地野餐布上摆满的食物时,她只是轻描淡写地说,西藏梗是佛教僧侣转世的灵魂——仿佛这就是亵渎鹅肝酱的充足理由。

有一个叫J.R.阿克利的人把对狗的放纵变成了高超的艺术形式,他曾在现已可悲解散的英国广播公司《听众》杂志当了多年文学编辑。我买了他写的《我的狗特里普》作为假期里的狗读物,可是这本书如此有趣,以至于还没出发我就读完了。

特里普是一只阿尔萨斯牧羊犬,按照那些知道她的人的话说:"坦率地说……她就是个恐怖分子。"阿克利的朋友们渐渐远离,因为她弄脏他们的地毯,追逐他们的猫,所以他的社交圈不断缩小,直到他唯一定期接触的人类只剩下兽医——不过他还是很愿意偶尔与其他狗主人交往,因为他们的宠物能为特里普提供性的满足。阿克利不明白为什么自己的社交如此失败,不理解他的朋友们为什么"在他和他的狗走近他们的客厅或餐厅时,他们像受到挑战似的感到厌恶"。

当特里普惹人厌烦时,他总是站在她那一边。他认为让她在人行道上"方便"比在路上更安全(这本书是 1965 年出版的,那时候还不时兴"拾狗便")。他描述了普特纳路堤上发生的精彩一幕,当时她正在初冬的晨雾中"方便":

> ……一个骑自行车的人飞快拐过斯塔加特酒店的街角,朝我们迅速蹬过来……我本来根本没注意到这个人,但他在飞驰而过时对我喊道:
> "别让你的狗在人行道上乱拉屎!"
> 我知道不应该发脾气,但这句话刺痛了我。
> "什么,在路上等着你撞吗?管好你自己吧!"
> "我好着呢,"他回头喊着,"马路是干什么使的?"
> "给你这种蠢货留着呢!"我反驳道。

当然,骑车的人是完全正确的,但养狗的人一定会为阿克利喝彩。

特里普在看兽医时表现特别糟糕,有好几个兽医根本拒绝接诊。这本书里我最喜欢的小插曲是,阿克利走近第三手术室时映入眼帘的那只西班牙猎犬:

他静静地站在桌子上，一根温度计像香烟一样插在他的屁股里。由于房间里一个人也没有，这屈辱的景象就更令人震撼。那狗站在空无一人的房间里的桌子上，屁股里插着温度计，一动不动，表现得全然沉浸其中，几乎就像是他自己插上的温度计。

"哦，特里普！"我悲吟道，"如果你能这样就好了！"

当然，我也是按照阿克利的思路引用了这个故事，因为它反映了西班牙猎犬的优良品质。

每年的兽医检查和晒太阳一样，是我们夏天的例行活动，酷豆在兽医面前表现得无懈可击。甚至一周后家里的猫来打针时，酷豆还陪着他们一起来，为他们打气。

接受东西方的交融

2010 年 9 月 4 日

我要报告一个奇观：我看到一条会抓鱼的狗。

那天傍晚，我正在土耳其的小港口卡什。天又臭又热，两只毛茸茸的德国牧羊犬站在通向港口的滑道上，享受地把肚子泡在清凉的海水里。突然，一只狗用前爪迅雷不及掩耳地一伸一勾，一条颇大的银光闪闪的鱼就被扔在码头上。狗看着自己的战利品，直到它停止了挣扎。我不知道这条鱼最终是落到狗的饭碗里还是他主人的饭碗里，因为那时候我们自己的肚子也饿得咕咕叫，得赶快去吃饭了。

酷豆在伦敦炎热的 8 月里饱受折磨，但那和土耳其东南部火炉似的酷暑还不能相提并论，我对卡什的那些狗充满同情。多数狗一动不动地躺在人行道上喘着气，就是一堆堆汗水浸湿的皮毛。少数幸运儿在商店拥抱着空调，就和冬天抱着暖气一样。

土耳其以东西方混合而著称。这里的犬文化最先出现在中东部：野狗在道路上漫游——我坐的出租汽车两次有惊无险地与野狗擦身而过，19 世纪在伊斯坦布尔探寻异国情调的西方游客，例如法国诗人拉马丁和内瓦尔，都谈到了这些遍布城市大街小巷的野狗。马克·吐温写道："我从来没有见过这样不幸、饥饿、邋遢、令人心碎的狗……我以为自己已经很懒了，但和君士坦丁堡的狗相比，我就是一台马力强劲的蒸汽机。"

然而，卡什灼热的白天到了晚上就冷却下来，一个更像英国，甚至更像英国乡间的狗世界显露了出来。打扮得体的一家人拉着纯种狗在海滨清真寺附近的咖啡馆之间闲逛，身后跟着拉布拉多犬和西班牙猎犬的慢跑者在城外小山上挥汗锻炼。

这使我对一些想当然地认为这个地方的人排斥狗的想法产生了怀疑。

今年夏天有一系列新闻报道伦敦的公共汽车拒绝让狗上车，因为这可能冒犯到一些人，甚至连导盲犬都受到了这样的对待（当然酷豆是不可能遭受这种侮辱的：他坚持乘坐配有司机的轿车，像财阀一样直直地坐在后座上）。

当然，有些经院化的宗教观点认为，狗在教义中是不洁的。一个养狗的英国广播公司的同事惊奇地发现，他邀请到家里共进午餐的一个客人带了一套备用西服：这位客人说，哪怕他的衣服上有一根狗毛，都会影响他祈祷的力量。

但《可兰经》里有一个狗的故事，让我们觉得那位先知可能有不同的想法——而且这也是表现欧洲和中东的两大宗教密切相关的有趣文献之一。

这个故事起源于一个基督教的传说。大约公元前250年，七个年轻的贵族在以弗所古城——离我们度假的卡什港口不是很远——因为是基督徒而在罗马皇帝德基乌斯迫害期间受到指控。他们并没有否认自己的信仰，而是把自己的钱都给了穷人，然后躲到山上的一个洞穴里去祈祷。皇帝下令把洞口封起来，让他们死在里面。

三百年后——故事就是这样说的——当地的一个地主打开了洞口，想把这个洞当作牛圈。结果那七个基督教英雄还活着，显然，他们休眠了三个世纪，醒来后惊奇地发现自己的信仰已经成为主流宗教。经过重回人世的一段简短而快乐的生活，他们去世了，但在早期基督教著作中他们却万古流芳，闻名整个欧洲。

快进三百年，我们发现先知穆罕默德受到了麦加人的测试。麦地那的犹太人向他们提了一个聪明的问题：穆罕默德知道那七个沉睡者吗？如果他知道，他就是一个真正的先知。当然，穆罕默德写出了《可兰经》的第18节"洞穴"，讲述了七个沉睡者的故事。

但穆罕默德的版本稍有不同：他说"有一条狗伸开前腿守在"这些沉睡者所在的洞穴口，而且《可兰经》里的这个故事中，这条狗一直是一个关键角色。据说，这条叫卡特米尔的狗整整三个世纪保持清醒，看护着他的主人。有些资料表明，狗是将被允许进入天堂的九种动物之一。他们是圣洁的。

从字面意义上说，酷豆肯定是不洁的。从炙热土耳其回到伦敦，发现这里细雨绵绵，着实让我高兴了一阵儿，但我很快就厌倦了在泥地里散步。但是，酷豆绝对因为连绵夏日的结束而兴高采烈，并且充分利用了每个水坑。

写出上述专栏文章一个月后左右，我在伊斯坦布尔为"第四频道"录制节目，并设法忙里偷闲，在大巴扎逛了几个小时。我发现了一个小摊，出售19世纪奥斯曼帝国的故事书插图，这些艺术品极其美丽，但非常昂贵，我一时之间很难决定到底要买哪一幅，直到我发现了七个沉睡者故事的插图。艺术家画卡特米尔的风格和史努比卡通画类似，画里的这条狗有一个明显的大肚子。更重要的是，这条狗显然睡着了，这表明土耳其人的一种态度。我非买不可了。

我们从土耳其度完夏季假期回来时，我得到了《每日电讯报》要停止刊登酷豆专栏的消息。每次我失去工作合同或节目取消时，都似乎发生在最尴尬、最不可能的情况下。

多年以前，我曾经做过一个每周一次的广播节目，结果作为广播电台换血的一部分被削减了。那之前已经有很多报纸文章相当自信地预言了它的灭亡，因此有一天早上，行政主管让我在节目结束后和她去办公室时，我已经相当明白她要说什么了。结果神奇的是，我们的电梯出了故障，因为里面挤满了人，所以我们没法谈论我们都知道要谈的话题。在工程师维修电梯的那半小时里，我们只能痛苦地没话找话闲聊。

到我们终于被放回地面的时候，我的下一个会面快要迟到了，我只好礼貌地对主管解释说我得走了。我尽可能装作无辜地提出"或许可以下次再谈",但我相当肯定她会拖到最后一刻才完成这个不愉快的任务,而且会因为不知所措而相当痛苦。结果她被迫在外面的人行道上说出了这个坏消息,而我的出租车发动着等在旁边,这让我感到小小的报复快意。

我在哈罗德商场为圣诞节购物时,他们把我叫到办公室去,告诉我已经失去了一点钟新闻主持的工作;而《今日》节目的坏消息则是我在哈罗盖特酒店的停车场里到来的,我刚刚在那里的文学午餐会上发了言。当时,这些都不是有趣的时刻。

而停止酷豆专栏的第一个信号,是我的黑莓手机在盖特威克机场的行李传送带上发出收到电子邮件的嘀嘀声,其中一封邮件有着不祥的标题"变化"。当我联系上有关的编辑时,我已经在盖特威克机场快线上,所以手机不停地断线。但我最终还是证实了消息。那时我已经重新开始了广播工作,当我挂了电话后,我想,酷豆以狗的典型的干脆方式,陪伴我度过困境、完成了自己的职责,我可以自豪地昂首挺胸退出文字生活了。

狗眼看世界的收获

2010 年 9 月 18 日

在最早的一篇专栏文章中，我介绍了博迪，那条聪明的边境牧羊犬对英语语言有着非凡的掌握程度。他的主人是一位杰出的律师，他说博迪任何时候都能听懂"骑马"这个词。无论在什么句子中（"咱们去骑马吧？"或"现在出去骑一圈马！"）或以任何音调（大喊或耳语）听到这个词，博迪都会立刻跑向马具室，等着享受跟在马后奔跑在赫特福德郡乡间的快乐。

时光推移，博迪已经到了生命的另一个阶段。在今年夏天的一个令人伤心的日子里，博迪的主人（现在成为了法官，因此也是年龄和智慧俱增）叫他一起出去享受平时周日午餐后的远征。可是博迪只摇了摇头，退回到他的狗篮里。我的律师朋友说："狗知道什么时候应该收工。"

这个专栏也是一样。酷豆即将告别公众生活，这将是他在周六的《每日电讯报》上的最后一次漫步。

他的成名完全出于偶然，这些专栏文章从来不在计划之中。当我失去在《今日》节目的工作时，《每日电讯报》好心地在这里给了我一个家。当我在三十多年前开始新闻工作时，如果有人对我说，有一天我会专门写遛狗的事情，我肯定会大笑起来。但实际上，这段经历让我得到了意外的收获。

作为一个遛狗的平民，我一直觉得从狗的视角看世界会有一些不同寻常的收获。但只有当我开始写酷豆的生活时，我才意识到狗眼看到的世界是多么丰富多彩。所有人类的领域——无论艺术、政治、科学还是社会——在以这种方式观察时，都会产生新的东西。

一些动物行为学家建议，如果你真的想理解你的狗，你应该趴在地上过一个下午，在裙摆的水平上看世界，近距离品味臭脚和各种躲过了扫帚的腐烂的垃圾。从精神上说，我在过去16个月一直就是这样做的。

内阁部长想透露秘密借以造势的时候会去找游说记者；同样，狗专栏作家也像磁铁一样吸引那些有着精彩狗故事的人。仅仅这周，我就在白厅采访时听到了一个惊人的消息：几年前，我在英国广播公司的一个同事在社交场合恰巧坐在爱德华王子旁边。他疯狂地寻找话题填补对话的真空，结果他提到了他和王子都是最近刚刚成为父亲的事情。他说："孩子的事儿，有点儿吓人啊。"结果王子回答道："我们不觉得，我们养过狗。"

酷豆让我理解到新闻工作的某些重要意义。济慈对莎士比亚的天才有一个著名的定义："消极能力，也就是说，一个人能够在面对不确定、神秘、怀疑时，仍能不厌其烦地去寻求事实和理由。"准确地说，我的大多数新闻生涯都一直在"厌烦地寻求事实和理由"。从酷豆身上，我学到了富有想象力的闲逛的价值——在激发想象的地方四处嗅嗅，跟在狗绳后面漫步，却不太担心它会带我去哪里。酷豆的故事都有开头和中间，但往往没有结尾。

今年夏季早些时候，《每日电讯报》以及其他报纸报道，研究表明狗会学习主人的行为。因为大家一般都认为酷豆礼貌而待人亲切，我对妻子说，这反映了我们的良好举止。可她说："他唯一像你的行为，就是一定要别人给他挠背，还有夜里打呼噜严重。"

我情愿认为现在酷豆也对文学产生了兴趣，所以把这最后的篇幅留给他。

你无法想象，在过去几个月里我为了给主人提供写作素材承受着多大的压力。我知道他的交稿期限，有时候会在夜里担心得醒过来。

住在名人鱼缸里感觉挺可怕。我喜欢舒适地直直坐在汽车后座上——如果我把鼻子贴在窗户上，就可以看着公园越来越近。但是，为什么这就意味着我必须像在最近的一篇专栏文章中那样，被描述为"像财阀一样"呢？当然，我会拉狗绳、吃零食，还在尴尬的地方大便——所有自尊自重的西班牙猎犬都会这么做的。

不用再担心我所做的一切会在文学中产生什么影响，这真是解脱啊！当我去闻母狗的屁股时，我不用再想这是否会激发出什么比喻或联想：这件事就是它本身——母狗的屁股。我又可以享受事物的本来面目了。

酷豆

《每日电讯报》的审校员一直对我的稿子相当宽容，可是却对我这最后的谢幕之作进行了两个惊人的改动。"母狗的屁股"被改为"一只路过的雪纳瑞的臀部"，这完全改变了我的原意，表现出《每日电讯报》编辑部的一次令人遗憾而且并不常见的谨小慎微。我本来有个幼稚的野心，想在这份可敬的全国性大报中悄悄使用一个粗鲁的短语，结果令人沮丧地被挫败了。

另外，我原本写的酷豆享受"事物的本来面目"，被奇怪地改为"正如海德格尔所说，我又可以享受事物的本体了"。

我认为，这显然是出自一个哲学研究生之手，他觉得他的学识在审校员的工作中没有发挥作用。海德格尔是纳粹，英国哲学家罗杰·斯克拉顿曾经深刻地指出，海德格尔最重要的作品《存在与时间》"根本难以读懂——除非它纯属无稽之谈，在这种情况下，它又容易得可笑。我不知道应该如何判断它，也没有读到任何能弄明白它的评论"。但是，海德格尔显然很迷恋"水壶的本体"这样的概念，他写了很多关于康德和他的"事物本体"概念的文章。

这个词有不同的定义："不因思维而改变的独立的物体本

身"，或者严格康德意义上的"作为我们经验基础的事物"，但"本身并不是可能经验的对象"（我自己加的着重加）。这基本上是我想说的（至少我认为这是）。我觉得我没能力理解"母狗屁股的本体"，但是我怀疑酷豆能做到。他对世界的体验更直接，而不受知识的过滤。酷豆对"本体"有着我们人类永远不能掌握的理解方式。

狗对哲学的辅助作用很简单：他们坚持要求人类花时间带他们去散步，这有利于独处的思考，在更加微妙的意义上，与另一个存在物的定期交流会让一个人更多考虑自己作为存在物的本性。但同时，你又可以说狗是反哲学者：他们有能力用完全本能的方式表现出抽象品质（感情、关心、忠诚等），而不需要任何思考，或人类考虑如何行事时有的那种痛苦抉择的过程。

酷豆对思想史的贡献让我想起约翰逊博士对贝克莱主教的著名指责，贝克莱主教是"唯心主义之父"，或"非物质论之父"，他认为事情只存在于我们的认识之中——因此，"如果一棵树在森林里倒下，没有人听到它，它发出声音了吗？"这样的难题，其答案一定是"没有"。鲍威尔的《约翰逊传》中记录了约翰逊对此的回应："我们从教堂出来之后，站在那里谈了一会儿贝克莱主教证明物质非存在的巧妙的诡辩，认为每一个宇宙中的事物都只是理念。我说，虽然我们肯定他的学说是不正确的，却不可能反驳它。我永远不会忘记约翰逊做出回答时的敏捷，他用尽全力一只脚踏向一块大石头，以至全身弹了起来:'我就"这样"反驳!'"

酷豆也用类似的方式反驳了苏格拉底,苏格拉底说"未经省察的生活不值得过"。酷豆过的就是那样一种生活(我无休止地对他进行省察并不能算),但这生活是不言而喻且显而易见地——值得一过。

图书在版编目（CIP）数据

遛狗人日记 /（英）司徒欧顿著；马浩岚译. — 北京：商务印书馆，2015
ISBN 978-7-100-11295-6

Ⅰ. ①遛… Ⅱ. ①司… ②马… Ⅲ. ①随笔—作品集—英国—现代 Ⅳ. ①I561.65

中国版本图书馆 CIP 数据核字（2015）第110303号

所有权利保留。
未经许可，不得以任何方式使用。

遛 狗 人 日 记

〔英〕爱德华·司徒欧顿　著
马浩岚　译

商 务 印 书 馆 出 版
（北京王府井大街36号　邮政编码 100710）
商 务 印 书 馆 发 行
山西人民印刷有限责任公司印刷
ISBN 978-7-100-11295-6

2016年1月第1版　　　开本 889×1194　1/32
2016年1月第1次印刷　　印张 6¼
定价：40.00元